LA RELIGIÓN DEL PORVENIR

Karl Robert Eduard von Hartmann

I
Evolución o innovación

Quizá no haya existido época más irreligiosa que la nuestra, y no obstante, difícilmente se hallará otra a la cual hayan agitado más las cuestiones religiosas. Acabamos de salir de un período en que la indiferencia se aliaba a una adhesión rutinaria a la costumbre, en que el terror religioso no quería percibir incompatibilidad entre las formas religiosas tradicionales y el espíritu de los tiempos modernos. Nuestros padres eran en realidad bastante conservadores para ver en la práctica del culto una cosa conveniente, y suficiente ilustrados para reírse del que les hubiese dicho que llegaría un día en que las cuestiones religiosas recobrasen su imperio sobre el pueblo, le inflamasen y le extraviasen todavía; mas en esta conducta de dos caras, no veían ninguna contradicción.

Al mismo tiempo la crítica teológica, histórica y filosófica proseguía su obra sin darse punto de reposo (basta tener presente a Schopenhauer, Strauss y Feuerbach), y el espíritu moderno se desenvolvía con un vuelo que casi pudiéramos decir arrebatado; estas dos potencias coaligadas arraigaban cada vez más la convicción de que en los puntos más esenciales, las formas religiosas de la tradición se compadecían muy mal con la idea que nosotros nos formamos del conjunto de las cosas. Por otra parte, dos hechos demostraban el error que había cometido el indiferentismo ilustrado al imaginar, ora que la religión ha perdido su poder sobre el pueblo, ora que éste puede vivir sin ella. Por un lado la Iglesia católica se levantaba con una vitalidad que inspiraba temor y espanto, demostrando la fuerza que aún tiene para fanatizar a las masas cuando persigue este objeto con energía y constancia; por el otro y como diametral oposición a esto, la vergonzosa brutalidad alardeada por la democracia social al saludar con júbilo los horrores de la commune parisien, señalaba hasta qué punto de depravación desciende el pueblo cuando ha perdido con la religión, la sola forma bajo la que le puede ser accesible el idealismo.

Después de tan vivas demostraciones, es imposible para el que aspire dar al pueblo una cultura más elevada, dejar de comprender que la religión le es indispensable como principal resorte educador para desarrollar en él el sentido de lo ideal, que, si el progreso pretende abandonar este factor, no hace más que favorecer tendencias hostiles a la civilización, y que, en fin, a pesar de esto, las confesiones tradicionales de la religión no pueden servir de sostén a una era de desenvolvimiento intelectual, con la cual sus principios fundamentales la colocan en abierta contradicción.

En situación semejante, el problema religioso no puede menos de imponerse, y se explican perfectamente los esfuerzos que por todas partes se hacen para producir una religión que, armonizándose con el espíritu moderno y los fines de nuestra civilización, esté a la altura de su misión, que no es otra que la de procurar la educación ideal del pueblo. Es muy natural que estos esfuerzos se dirijan a las religiones tradicionales, ya porque el comenzarlo todo nuevamente parezca empresa temeraria o imposible, ya porque la continuidad histórica se haya impuesto a la conciencia moderna como un bien inapreciable, imposible de reemplazar, y para conseguir el cual ninguna concesión admisible debe parecer excesiva.

Sin embargo, por muy dignos que sean de nuestra estimación particular los hombres que consagran su vida a una obra de interés tan capital, cabe bien el preguntarse seriamente si el sostenimiento de la continuidad en un sentido estricto es posible todavía en nuestra situación histórica, o si, después de todo, es uno de esos momentos de la historia en que una gran idea ha recorrido todas las fases de su evolución y se ve irrevocablemente condenada a dejar la escena para ser reemplazada por otras ideas madres, no sin que deje de trasmitir a la fase de la nueva evolución algunos de sus elementos más importantes y de formar engranaje en las otras para la nueva vida que comienza a apuntar. Si se adoptase el segundo término de esta alternativa, la continuidad histórica, en su sentido amplio, se salvaría, aún cuando se verificase la ruptura con los principios directores del período anterior y la admisión de gérmenes fecundos importados de lejos.

No obstante, como todas las reformas, como todas las nuevas fases de una evolución en el interior de un mismo ciclo, proceden más o menos de la introducción de nuevos gérmenes de ideas, y por otra parte también, al terminar un antiguo ciclo y al comenzar uno nuevo, las nuevas ideas fecundantes no caen del cielo sino que se remontan a la evolución de la cultura anterior, se ve que en definitiva los dos casos no difieren más que en el grado, esto es, que su diferencia descansa esencialmente en la medida de la importancia relativa que pretenden por un lado los elementos conservados de la evolución anterior, y por otro los nuevamente importados. Que bajo este punto de vista se compare el nacimiento del Budhismo en el seno del Brahamanismo con la aparición del Cristianismo dentro del Judaísmo, y se comprenderá mi pensamiento.

Sería un error el creer, sin embargo, que la diferencia de grado o cuantitativa nada tiene que ver con la diferencia cualitativa. No acontece esto en la naturaleza; las diferencias de grado cuando traspasan cierta medida aparecen como diferencias cualitativas (considérese por ejemplo la diferencia entre el alma de la bestia y el alma humana) y llegan a producir, según las circunstancias, un cambio brusco de cualidad (recuérdese la modificación del estado de cohesión que acompaña al ascenso o descenso de la temperatura). Así es que la introducción de nuevos gérmenes de ideas y la expulsión de los antiguos principios llevados hasta cierto punto, dejan a salvo la continuidad histórica en su sentido estricto, mientras que, traspasando ciertos límites, se observa claramente la ruptura con el estado anterior y el advenimiento de una nueva dirección.

Apliquemos estas consideraciones a la marcha que sigue la evolución de la idea cristiana, y he aquí la cuestión que se presenta: ¿se ha hecho sentir la necesidad de debilitar tanto la tradición, que lo que resta no sea capaz de producir el entusiasmo religioso? Después, estas supresiones que han llegado a ser indispensables, ¿no constituyen verdaderas piedras fundamentales de la fe cristiana y no han quitado deseo de habitar un edificio privado de sus cimientos, en tanto que no hayan sido reemplazadas por nuevas piedras las que se lo han arrancado? Las reflexiones que hemos expuesto sobre la necesidad general de una religión y la imposibilidad de conservar una, hostil al desenvolvimiento de la cultura moderna, pueden sumir a muchos espíritus sinceramente deseosos del bien de la humanidad en tales angustias, que sin dejar de hallarse convencidos de que los pilares arrancados son irreemplazables, se mezan en la dulce ilusión de que una casa de tal modo probada, conserva todavía bastante solidez para invitar a los pasajeros a entrar en ella. Como ya hemos dicho, tal ilusión nada debilitará nuestro respeto personal hacia las dignas aspiraciones de estas personas, mas la probidad científica obliga a aquel, cuya inteligencia no sufre la acción perturbadora de la voluntad, le obliga, decimos, a preservarse de semejante ilusión y a reconocer con franqueza las condiciones insostenibles del edificio religioso falseado y derruido en todas sus partes por el espíritu crítico de nuestra época, abrigando la esperanza de que la insuficiencia, una vez afirmada, y la miseria cruel que esto producirá, llegarán a ser el estimulante más enérgico de la investigación y descubrimiento de nuevas ideas religiosas que vengan a sustituir con ventaja a las que ya están gastadas.

Cuando un negociante rico se declara en quiebra, hará muy mal en abusar de aquello que ha podido salvar del fracaso; pero, ¿cuál será el mejor partido que podrá sacar de su lamentable posición? Aceptarla cual es en realidad, y desplegar para levantarse pronto la mayor actividad posible. Del mismo modo urge, en nuestro sentir, que examinemos de más cerca nuestro gran libro para que sepamos cómo nos hallamos en punto a creencias religiosas y hacernos cargo de la relación que existe: por una parte, entre nuestro haber actual y la opulencia de otros tiempos, y por otra, entre este haber y las necesidades religiosas que piden ser satisfechas.

A fin de prevenir todo error, hago constar expresamente que no es mi intención el entrar aquí en polémica con los dogmas fundamentales del cristianismo positivo. Me dirijo tan sólo a los lectores que ya tienen detrás la crítica de estos dogmas, para celebrar consejo con ellos e indagar si el protestantismo liberal es capaz, como él lo afirma, de indemnizarnos de nuestras pérdidas, o en qué dirección hemos de buscar el equivalente de los bienes extinguidos.

El que no quiera detenerse en la superficie y sí penetrar en la esencia íntima del protestantismo liberal, debe ante todo persuadirse de una cosa, y es que esta tendencia no es una simple fantasía individual que ha tenido la suerte de encontrar algunos adeptos, sino la consecuencia necesaria del principio protestante que halló franca salida en la Reforma, como la infalibilidad papal representa el término más extremado de las pretensiones contenidas en germen en el principio católico.

El catolicismo declara indispensable la unidad de fe en todos los artículos esenciales; pero ¿qué artículos son los esenciales y cuáles los que no lo son? Esto es lo que se reserva determinar en su calidad de Iglesia, sin que en ningún caso abandone esta elección al criterio individual, lo cual no haría más que abrir la puerta a todas las divergencias de opinión en lo que a la fe se refiere. Para él, como para la Iglesia evangélica, los libros canónicos infalibles son el fundamento de la fe; pero como el sentido que se asigna a estos escritos puede dar lugar a controversia, es necesario, si se aspira a que la unidad de fe sea una verdad, que un supremo tribunal fije la interpretación de los textos. Si este tribunal no tuviera por guía más que la recta razón humana, sería una exigencia infundada el pedir el «sacrificio de la inteligencia», pero la Iglesia católica estima, y en esto razona muy bien, que el Espíritu Santo no debe intervenir menos en la inspiración de los intérpretes supremos de los escritos canónicos que en la de los mismos autores, y que una Iglesia desamparada por el Espíritu Santo, que no hubiera poseído confesores inspirados más que una sola vez hace más de mil años, causaría verdaderamente lástima. Admitida la inspiración del tribunal supremo, no sólo es superfluo e indiscreto esperar del Espíritu Santo la inspiración de todo un Concilio con preferencia a un individuo, sino que aún se encuentra dificultad en explicar por qué esta gracia abandona a la minoría del Concilio; así que, es completamente lógica la idea de que en cada momento, el jefe de la Iglesia es el tribunal supremo de interpretación, porque, ¿qué medio mejor de asegurar la unidad de la fe que hacer que todas las decisiones concernientes a la fe procedan de una sola cabeza?

Siendo el Papa sucesor de San Pedro, no hay razón para que sus bulas no sean inspiradas e infalibles como lo son las Epístolas de San Pedro, por más que éste sólo fuera un pescador ignorante. La infalibilidad papal, es, pues, el coronamiento, largo tiempo esperado, de la unidad de fe en el catolicismo, y todas las declaraciones con las que se ha creído conjurar este dogma o combatirlo, no tienen ningún sentido en boca del que reconoce al Papa como sucesor de San Pedro, y a éste como autor de epístolas inspiradas e infalibles.

Por el contrario, el hombre que niega la infalibilidad de la Iglesia y la posibilidad de una inspiración divina e infalible, que rehusa ofrecer el sacrificio de su inteligencia, esto es, subordinar a las decisiones doctrinales de la Iglesia una convicción personal que ha comprobado en el crisol de la reflexión y que se le impone por la fuerza de la evidencia, que protesta, en una palabra, contra la autoridad absoluta de la Iglesia en materia de dogma, y se reserva el derecho de la libre investigación y la libertad de su conciencia religiosa; este hombre, decimos, difícilmente podrá creer en la inspiración y en la infalibilidad de los escritores canónicos. De toda suerte, es colocarse en una posición extravagante en la cuestión referente a la posibilidad del milagro el distinguir de tiempos y negar el milagro actual, afirmando el que aconteció hace 1.800 años.

Los reformadores no comprendieron que su fe en la infalibilidad de los escritos canónicos, en la que habían sido amamantados, no tenía otro apoyo ni otra garantía que la creencia en la infalibilidad de la Iglesia y de la tradición eclesiástica. Como la fe en la infalibilidad de la Escritura había penetrado, por decirlo así, en su carne y en su sangre, no sospecharon siquiera que con su protesta contra la infalibilidad de la Iglesia y de la tradición minaban el suelo que soportaba la fe en la otra infalibilidad, que atacaban el sólido edificio de la jerarquía, cuya ruina, después de arrancar esta piedra, ya no podía ser más que cuestión de tiempo. Por una parte, habían grabado sobre su escudo el principio protestante de la libre investigación y de la libertad de conciencia; por otra, pretendían oponerse a la desorganización del dogma que sus manos habían comenzado, y prohibir al río de las negaciones el que tocase a ciertas riberas, promulgando, bajo el nombre de formularios, decisiones doctrinales dictadas a su capricho, mostrando gran respeto a los dogmas que por medio de su ingenio habían salvado y entregándose a la ilusión de creer que los hombres permanecerían en el recinto trazado por sus determinaciones arbitrarias, que persistieron en tomar por barreras infranqueables, aún después de haber visto derrocada la autoridad infalible de la Iglesia, esa autoridad que se fundaba en una inspiración actual e incesante .

Lutero no podía meditar sobre su vida sin que le asaltase cierta inquietud con respecto a la reforma que había inaugurado. Conservamos un testimonio de esto en una declaración que hizo en sus últimos días. «Cosa extraña es, dice, y verdaderamente triste, que después que la pura doctrina del Evangelio ha reaparecido a la luz del día, el mundo no ha cesado de reinar. Todos toman la libertad cristiana en el sentido que les dicta su malicia carnal. Si yo fuera responsable de esto ante mi conciencia, aconsejaría y coadyuvaría para que el Papa, con todas sus abominaciones, volviese a ser nuestro amo, porque el mundo no puede ser gobernado más que por leyes severas y por la superstición.»

El principio cristiano se ha agotado en la Iglesia primitiva y en la Edad Media. Ser cristiano en aquellos tiempos, era oponer al siglo la vida futura; colocar el centro de gravedad de las almas fuera de las cosas visibles; aborrecer, en fin, al mundo como una máquina del diablo que tiene por objeto precipitar las almas en la perdición eterna, seduciéndolas con el atractivo de efímeros placeres. Mas convirtiéndose en iglesia nacional, y por lo tanto en poder secular, el cristianismo había comenzado a alterarse. El fenómeno que había ofrecido primero al budhismo se reprodujo entonces y se presentó al lado del cristianismo esotérico, un cristianismo secular exotérico que venía a representar un grado de santidad inferior. A medida que gana en extensión y preponderancia el cristianismo esotérico [sic por exotérico], el esotérico se refugia en el asilo de las órdenes y de los claustros para conservarse puro de toda mancha mundana. Pero al declinar la Edad Media pudo verse la decadencia de las órdenes y monasterios; los múltiples esfuerzos que se hicieron para resucitar el cristianismo esotérico (Hun [sic por Huss], Savonarola), fracasaron ante el alejamiento, cada vez mayor, de la idea cristiana que la época ofrecía, hasta que al fin la Reforma, con la abolición de las órdenes religiosas, echó al suelo el templo vacío que por largo tiempo diera abrigo al cristianismo esotérico, y se atuvo al cristianismo secular esotérico [sic por exotérico], que aún secularizó más.

Aunque por su alianza con el renacimiento del antiguo paganismo, el principio protestante haya dado un impulso enérgico a la secularización de la Edad Media cristiana atacada ya por su base, no se emplearía una expresión muy exacta llamándole el matador del cristianismo. En realidad no ha sido más que el sepulturero. El protestantismo desgarró un organismo privado de vida, y el esfuerzo que hizo el catolicismo para volver a su trono y luchar contra el adversario, tan de súbito robustecido, no fue más que la galvanización de un cadáver. De hecho, desde la Reforma, el catolicismo no tiene más que una apariencia de vida; los pueblos católicos habrían muerto para la vida del espíritu si no hubiesen brotado en medio de ellos corrientes anticatólicas y anti-cristianas. El progreso de la cultura moderna es, bajo el punto de vista espiritual, la obra exclusiva del protestantismo y de las tendencias que en el seno de los pueblos católicos, de una manera más o menos consciente, sacan partido de las conquistas del protestantismo. Los pueblos católicos serían un caput mortuum en la historia, casi como los fieles thibetanos del Dalailama, si su situación geográfica fuera otra; pero la multiplicidad de los puntos de contacto con los pueblos protestantes pone a éstos y a su desenvolvimiento constantemente en peligro y les obliga, por consecuencia, a emplear todos los recursos de su actividad.

Cuando después de varios siglos de opresión, de tormentos y de verdugos se abrió paso el principio protestante, halló la idea cristiana, en el sentido verdadero de la palabra, convertida en un cadáver; mas en tanto que el catolicismo trataba de momificar estos despojos para que se conservasen las apariencias de la vida, la misión histórica que le cupo en suerte al protestantismo fue el hacer la autopsia del cadáver, consignar de un modo oficial que la vida había cesado después de hacerle solemnes exequias, a fin de cerrar definitivamente el cielo de evolución de la idea cristiana. Su obra dogmática no fue otra cosa que una negación, una destrucción, una demolición. Si acentuó y desarrolló ciertos dogmas, es porque quería compensar las sustracciones que verificaba, y estas compensaciones bien pronto desaparecieron por el trabajo de disolución que se llevaba a cabo bajo la acción de la crítica, porque en una materia como esta dos o tres siglos no son un período muy largo.

Si en lo que se refiere a la teoría el principio protestante del libre examen, dirigido por la razón, se manifiesta así puramente destructor, en el dominio práctico, ofrece por el contrario, una eficacia positiva: sólo que esta eficacia positiva no es cristiana. Estudiemos esto. ¿Cuál es en moral el principio del cristianismo, principio que no admite ninguna transacción? El principio de la obediencia a la voluntad divina expresada en la Sagrada Escritura; lo demás es accesorio, como, por ejemplo, la cuestión de saber qué móviles psicológicos (la esperanza de la recompensa y el temor al castigo, el amor, la acción misteriosa de la gracia o cualquiera otra cosa) son los que intervienen para procurar la observancia del mandamiento heterónomo, emanado de la divina autoridad. En el catolicismo, la Iglesia interponía su mediación entre Dios y el hombre, y por conducto del Papa o del confesor daba la solución divina de los problemas morales; el principio protestante suprime el intermediario, y coloca frente a frente al hombre y a Dios, manifestando su voluntad en las Sagradas Escrituras. De este modo la dogmática evangélica no abriga la intención de romper con el principio de la heteronomía, y no es con respeto a Dios, sino con respeto a los intermediarios sin misión, por lo que reivindica la libertad de conciencia. Mas el resultado realmente es muy distinto, porque el protestante ya no puede estar seguro directamente de la voluntad divina, sino que se ve precisado a acudir a las Escrituras, y dentro de estas a la luz de su conciencia autónoma, distinguir entre las declaraciones que expresan genuinamente la voluntad divina y las que no tienen la importancia de una revelación. Esto es decir, que, de hecho, la conciencia del protestante queda erigida en tribunal supremo y único sobre las cuestiones morales, que a la heteronomía ha sucedido la autonomía. Si se abandona o no de este modo el terreno cristiano, no es cosa que ofrezca dificultad; pero al prevenir la transición de la heteronomía, de la sumisión a la ley, significada y personificada exteriormente por el confesor a la autonomía de la conciencia moral de la persona, el protestantismo es para el pueblo el más grande de los bienhechores; cumple una especie de función propedéutica haciendo que suceda al estado de servidumbre bajo la ley, la situación en que el individuo regula su vida en conformidad con sus propias inspiraciones; en una palabra, es el educador que prepara al pueblo para el uso ordenado de la libertad. Los pueblos a quienes ha faltado esta enseñanza, cuando llega la hora de la emancipación son presa de un radicalismo que ignora todo deber y no reconoce más que derechos. El protestantismo, pues, al mostrarse subversivo con respecto a lo que es específicamente cristiano (la obligación de hacer la voluntad de Dios) en la esfera práctica, como lo es en la esfera teórica, suscita a la vez una cosa nueva y positiva, y esta novedad tiene más valor que lo que destruye; desgraciadamente no se le pueden prodigar los mismos elogios por sus trabajos sobre el terreno teórico, en el cual su talento termina en la pura negación.

Apenas es necesario añadir que el protestantismo realizó la obra de que hablamos de un modo completamente inconsciente, y que en cada una de sus fases imagina poseer intacto todavía el cristianismo específico, verdadero y depurado. Esto se concibe muy bien: para poder darse cuenta del término de esta evolución, es indispensable no estar envuelto en ella y seguir con ojos despreocupados el curso de la historia en sus diversas fases. Mas, que el último grado alcanzado hasta el día, el protestantismo liberal moderno, sea por una parte la consecuencia legítima del principio protestante, y que, por otra, haya llegado con su trabajo de zapa hasta un punto en el cual lo que él llama cristianismo no puede ocultar su vacío interior y su indigencia religiosa, es un hecho sobre el que han cesado muchos de hacerse ilusiones, y que no puede menos de ser reconocido por todos con el tiempo: ahora bien, concedidos estos dos puntos, la misión histórica del protestantismo está demostrada ipso facto.

Una aparición histórica de la importancia de la idea cristiana, aunque muerta anteriormente, no desaparece de un día para otro de la escena de la historia; la desaparición debe efectuarse por partes, y a consecuencia de una disolución gradual. Una oposición tan radical como la que existe entre la edad media cristiana y la cultura moderna, no se presenta como un salto brusco, sino más bien como una transición insensible de momentos sucesivos en la que los elementos constitutivos que luchan se mezclan en proporciones distintas, fenómeno que recuerda aquel otro con que de dos cuadros pintados sobre el mismo lienzo, el uno se destaca siempre con mayor pureza, mientras el otro se disipa cada vez más. El protestantismo no es más que la estación de descanso en la travesía del cristianismo auténtico, muerto decididamente para las ideas modernas, que son el fruto de la civilización, y que sobre los puntos más capitales se hallan en completo desacuerdo con las ideas cristianas; es un tejido de contradicciones desde su nacimiento a su muerte, porque en cada fase de su vida se tortura por conciliar lo inconciliable. El catolicismo que aún hoy, después de un prolongado letargo, se acuerda de lo que constituye su íntima creencia, y con el mérito del valor y de la consecuencia declara en el Syllabus y la Encíclica una guerra de exterminio a todo lo que constituye a nuestros ojos las más bellas conquistas del espíritu; el catolicismo ha visto con claridad la posición insostenible y las mortales contradicciones del protestantismo: en los círculos católicos se enseñaba que el principio protestante debía terminar forzosamente con la disolución del protestantismo, y se esperaba sin impaciencia, pero con cierta satisfacción maligna, el acontecimiento inevitable. Hay más seguramente que una fortuita coincidencia en que el catolicismo haga sus últimos esfuerzos por el afianzamiento y la concentración de su poder, en el momento mismo en que el protestantismo se halla ocupado en sacar las últimas consecuencias de su principio y en la tarea de desnaturalizar el cristianismo ha llegado al último extremo, mientras que por el hecho mismo de su contradicción, cada vez más patente en el principio protestante, las tendencias conservadoras del protestantismo se esfuerzan en perder el poco crédito que les queda .

Ninguna religión muestra, como tal, amor a la ciencia, y el cristianismo no es solamente hostil a la ciencia, sino a toda cultura. La religión brota del sentimiento; cuando no le es posible pasar sin ideas que la den alguna consistencia, echa mano de las menos abstractas, las menos teóricas, las menos complejas posibles; la idea con la que se aspire a conmover fuertemente el sentimiento religioso debe ser intuitiva, figurada, fantástica, confusa. Así que, allí donde nada comprime todavía la llama del sentimiento religioso, la ciencia se encuentra envilecida, porque hace la luz sobre aquello adonde no pueden llegar las representaciones de la imaginación. En tanto que la religión viva dentro de la historia, se verá expuesta a ser destruida por la ciencia, porque en todos los desarrollos religiosos la fantasía es la que ha prestado sus alas a estos movimientos, sin que la ciencia haya intervenido en ellos para nada: la crítica histórica científica no puede abstenerse de señalar el carácter vacilante y la incoherencia de las bases históricas que la religión ha considerado sólidas. Mientras el círculo de las ideas religiosas pretenda invadir el dominio de la metafísica y de la filosofía y viva estrechamente unida a la fantasía, como la crítica ha dejado que se establezca esta confusión entre la imagen y la idea, a la ciencia corresponde el mostrar la incompatibilidad de los elementos contradictorios.

Por todos estos motivos, el sentimiento religioso auténtico y verdadero, como ve en la religión la sola cosa importante de la vida y juzga todo lo demás indiferente, veda con todas sus fuerzas a la ciencia la entrada en los dominios que ha hecho suyos, porque constituiría un ataque y un peligro. Prescinde por completo de la crítica histórica de los hechos sobre los cuales descansa su fe; le repugna escuchar la crítica filosófica de sus conceptos metafísicos; no puede permitir que se extinga el fervor de la vida interna al soplo glacial de la abstracción, sino que se encierra en sí mismo como lo único que es importante y esencial, y modela los elementos intelectuales en relación con sus necesidades, no atendiendo a consideraciones racionales como hace la ciencia. Mientras es la religión un sentimiento seguro de sí mismo y no la turba ningún escrúpulo científico, puede aceptar cómodamente lo que hay de más monstruoso en materia de contradicciones: «certum quia imponibile,» como dice Tertuliano; pero en el instante en que concede algún acceso a la ciencia, se ve obligada a resolver las contradicciones por medio de sofismas, lo cual tarde o temprano produce quebrantos.

Si a despecho de la aversión profunda que existe entre la religión y la ciencia, la primera no ha dejado de celebrar consorcio con la segunda; si hasta ha engendrado una hija que es la teología, esta unión para la parte femenina, o sea para la religión es forzada y violenta, un lazo al que no puede escapar, y una vez convencida de su inexorable necesidad, ha tratado de sacar el mayor provecho posible, haciendo de su marido (la ciencia) su abogado y su procurador contra los enemigos de fuera. Lo que presta a la ciencia una ventaja sobre la religión es que no todos los hombres son religiosos, que la ciencia existe, quiéralo o no la religión, y que amenaza el sentimiento religioso con mayores peligros todavía, si este no se resuelve a tomar de ella algunas armas para rechazar sus asaltos. La sola aparición de una polémica científica anti-religiosa obliga a la religión a tomar a la ciencia a su servicio bajo el nombre de apologética.

No se tarda mucho en percibir que el arma tiene dos filos, porque la ciencia, introducida en la religión como teología, comienza a perseguir sus propios fines (científicos) con sus propios medios científicos, sin pensar en que, lejos de trabajar de este modo por los intereses de la religión, los pone en grave peligro. No hay duda que en un principio la teología es sincera al afirmar la convergencia de las vías por donde marchan la teología y la religión; pero al fin de ciertos períodos teológicos, la antítesis se manifiesta claramente, y entonces se hacen grandes esfuerzos por tapar el agujero, lo cual se logra por algún tiempo, debido a una relajación del sentimiento religioso, o gracias al perfeccionamiento de la sofística teológica; mas al espirar este período, torna a pronunciarse con mayor claridad el antagonismo. La teología católica, desde Santo Tomás de Aquino próximamente, es una especie de lengua muerta, un cadáver embalsamado con esmero, lo mismo que la religión a quien sirve. Comparada con lo que antes era, la teología protestante ha progresado mucho; pero cuanto más rápidos han sido estos progresos, con mayor rapidez se han sucedido esas crisis en que el sentimiento religioso tiembla aterrado ante su propia teología. En el punto a que hoy hemos llegado, los escritos apologéticos más acabados de la ortodoxia no pueden menos de excitar un sentimiento de repugnancia en el lector ilustrado, que se encuentra en presencia de un grado de desarrollo adaptado a la profesión, unido al aplomo del ignorante o del ilustrado a medias que trata de cubrirse con la máscara del sabio, cuando es bien sabido que las orejas del asno son demasiado largas para la piel del león; y por otra parte, los trabajos de especulación y de crítica de los teólogos liberales no producen otro efecto que el de admirar el trabajo y el talento empleados en la tarea de despojar de todo su contenido esencial a los dogmas corrientes, prestándoles, sin embargo, un sentido que, comparado con la letra que se respeta y se conserva todavía, causa verdadera maravilla.

Consiste esto en que el valor estable y científico de la teología protestante vive dentro de la crítica y de la negación. Entre todas las publicaciones teológicas de treinta o cuarenta años a esta parte, ¿cuáles son las que por su valor científico sobresalen un poco? Aquellas que destruyen, con el arma de la critica, los supuestos históricos o metafísicos del dogma. Todos los ensayos de conservación, de restitución o de conciliación, por mucho talento que se les consagre, prueban por la efímera atención que se les presta, que la obra de destrucción del sistema dogmático cristiano, emprendida por el protestantismo, avanza con decisión hacia su término.

Sí la religión en general abriga con respecto a la ciencia antipatía y temor, el cristianismo en particular es el adversario declarado de toda civilización que tenga por objeto aprovechar los recursos de la vida terrestre y hacer que el espíritu descienda hasta las condiciones de esta vida. El cristianismo tiene del mundo una noción absolutamente trascendente; el alma que está saturada de él elige domicilio en otra parte, y los negocios de ultra-tumba la absorben tan por completo, que permanece indiferente a los del siglo. Este aserto no puede parecer paradójico sino a aquel a quien han falseado desde la infancia sistemáticamente la inteligencia de los documentos universalmente conocidos, de suerte que no puede leerlos más que con parcialidad y prevención. El protestantismo, que constituye el consorcio manifiesto de los derechos del mundo invisible con los derechos que arrancan de la tierra, o, en otros términos, un orden híbrido que participa a un mismo tiempo de la Edad Media cristiana y del Renacimiento pagano, se ha secularizado y despojado en tal forma del cristianismo, que andamos cerca de no creer en nuestros propios ojos cuando se nos muestra la verdadera forma del cristianismo (desde el Nuevo Testamento hasta Tomás de Aquino) sin la interposición de cristales protestantes. El siglo se ha identificado de tal suerte con el aire que respiramos, que hemos perdido el sentido de esta frase: ser religioso, ser cristiano.

Pongamos un ejemplo. Nosotros nos maravillamos de que la adhesión a la Iglesia que representa la religión signifique el extrañamiento de la patria terrestre, y no pensamos en la que tal sorpresa tiene de irreligioso bajo el sentido cristiano. ¿Cómo puede un cristiano comparar siquiera los intereses patrióticos y políticos que rigen el corto período de su peregrinación terrestre, y los intereses que guardan relación con la salud eterna de su alma? La opinión corriente de que el patriotismo es antes que la religiosidad, y que las leyes del Estado deben prevalecer sobre las de la Iglesia, es la prueba más clara de que la apreciación cristiana de los dos mundos se alteró profundamente en nuestra alma, de que la preocupación de los éxitos mundanos y de las condiciones necesarias para obtenerlos ocupan más lugar en nuestro pensamiento que la consecución de la bienandanza eterna; y esta situación de espíritu supone a su vez la pérdida de la fe en las promesas y en las amenazas hechas por el cristianismo al alma inmortal, y cuyo cumplimiento se extiende por toda una eternidad después de separada del cuerpo, y también la pérdida de la fe en los medios de gracia dispensados por la Iglesia. Admitamos que no hemos roto enteramente con la Iglesia o la religión; no se nos podrá negar, sin embargo, que el papel que la asignamos es el de Cenicienta, precisada a sufrir la situación privilegiada de sus mundanas hermanas.

Que el cristianismo debe ser el enemigo de la ciencia, no es cosa cuya demostración exija grandes desarrollos. Si la teología le hace ya sombra como hemos visto más arriba, la ciencia, que se declara independiente de la teología y de la religión, será más peligrosa todavía. Mientras se compadece con la religión no es más que una confirmación superflua de lo que no tiene necesidad de confirmarse;

cuando contradice la religión es funesta; cuando no mantiene ningún contacto con la religión, responde a una curiosidad frívola aplicada sobre objetos terrestres que, bajo el punto de vista mundano, puede ofrecer interés, pero que no tiene valor alguno bajo el punto de vista cristiano. Ya se sabe que el incendio que consumió la biblioteca de Alejandría fue encendido por cristianos fanáticos, que atemperaron su conducta a la sentencia que la tradición pone en boca del califa Omar.

El interés de la civilización, cuando se aparta del interés apologético, no es más que un interés mundano al lado del cristianismo; sin provecho ninguno aleja al alma de la sola cosa necesaria, y repartiendo la atención de que un ser humano puede disponer, perjudica gravemente al cristianismo. Así es que con toda seguridad podemos formular de este modo nuestra conclusión: en tanto cuanto los representantes de la religión representan intereses que arrancan de la cultura, en esa misma proporción están mundanizados, quizá sin darse cuenta de ello; después, cuando manifiestan la pretensión de representar tales intereses, o se toman la libertad de afirmar que el cristianismo, como tal, guarda relaciones con la civilización moderna, el solo móvil que les guía en la mayor parte de los casos es la esperanza de que un cristianismo exornado con las plumas de la cultura moderna parecerá más aceptable a los hijos de nuestro siglo mundanizado.

El cristianismo debe la entrada de la ciencia en la religión a la necesidad de la apologética. Después que la gnosis que removía todos los fundamentos de la fe cristiana hubo sido felizmente rechazada, no sin dejar algunas huellas, Clemente de Alejandría, y sobre todo Orígenes, para dar una base más sólida a la nueva religión en el imperio romano impregnado por completo de la ciencia griega, ensayaron la fusión de esta ciencia con el cristianismo, y con este intento prestaron a los filósofos griegos casi la misma autoridad que a los documentos de la fe. Sin embargo, el mismo Orígenes envidia a los fieles sencillos e ignorantes (ἁπλούστεροι), afirmando que los más felices son los que no tienen ninguna necesidad de la apologética, porque ninguna duda se levanta en su espíritu creyente. Esta amalgama con la ciencia fue ciertamente el punto de partida para querellas interminables, y apenas el cristianismo hubo adquirido alguna seguridad en lo que se refiere a su vida exterior, condenó y maldijo como los más funestos herejes a aquellos padres de la Iglesia cuyos servicios ya era demasiado tarde para rechazar.

Un hecho es innegable, y es que el cristianismo, a pesar de sus primeras ilusiones de formar una teología puramente apologética, no ha firmado, sino con muchas reservas, pacto con la ciencia, y no se ha provisto de una teología más que «cuando ha querido hacerse posible en un mundo cuyo fondo es la negación .» Y no obstante, no era una civilización joven llena de savia y movimiento como la de hoy la que encontraba en el Imperio romano, sino una civilización que había llegado a su límite, había declinado y se sentía morir: una civilización de este género era la única que podía asimilarse sin peligro. ¿Pero cómo le fue posible incorporarse los restos de una cultura que había tocado a su término? Llevó su mano a las últimas pulsaciones vitales que guardaban todavía, y las conservó para nuestra época como un preparado anatómico sumergido en alcohol, mas no descubrió en sí mismo ninguna tendencia a desenvolverlas en cualquiera dirección.

Por otra parte, si a la caída del Imperio romano el cristianismo se interesó de alguna suerte por la antigua civilización, e impidió que pereciese en el naufragio, esta conducta, no respondió de ningún modo a un interés religioso cristiano, sino a un interés mundano y jerárquico. Así como la jerarquía romana conservó el latín convertido en lengua muerta como un emblema de la unidad de dirección y de gobierno en la Iglesia, del mismo modo no cultivó la literatura clásica más que por la razón de que era la sola escuela en que fuera posible en aquella época proveerse de alguna cultura literaria, necesaria entonces para asegurar a la jerarquía y al clero una posición elevada e imponente en el seno de los pueblos bárbaros de la Edad Media. Esta conducta alcanzó éxito, principalmente entre las tribus germánicas que traían a las tierras romanas un temor supersticioso y una humilde veneración hacia la «ciencia de los runas.» Si el cristianismo de la Edad Media mostró, pues, algún cuidado por los autores clásicos, la explicación de tal hecho no está en su afición o simpatía por la cultura que de ello podría sacar, sino en la persecución de fines completamente exteriores y jerárquicos: las obras de la antigüedad pagana estaban consideradas como un mal necesario que debía soportarse con el objeto de formar un clero ilustrado, pero continuaban siendo producciones diabólicas cuyas hojas no se tocaban sin hacer la señal de la cruz y temblando por su salvación.

Este punto de vista respondía a la concepción cristiana trascendente del mundo; y si la Reforma se alió con el Renacimiento, fue rompiendo a medias con el menosprecio del mundo y el apartamiento de sus placeres, que lleva en sí la profesión del cristianismo, para sentirse de nuevo penetrado de simpatía por el mundo. La marcha de la historia ha demostrado hasta qué punto eran justificados los temores del verdadero cristianismo con respecto a los clásicos paganos, pues que realmente el renacimiento del paganismo clásico precipitó considerablemente la ruptura entre las creencias cristianas y el espíritu de los pueblos europeos.

Estas indicaciones bastan para desvanecer cualquier esperanza de sacar algún provecho de la asimilación de la cultura antigua, llevada a cabo por el cristianismo en favor de una fusión del mismo cristianismo con la civilización moderna. Si el cristianismo temía la resurrección de la antigua cultura confinada a los monasterios, los cuales tenían buen cuidado de no difundirla, con mayor razón debe temer la cultura moderna que ha salido de la antigua, pero rejuvenecida, recreada, por decirlo así, y aumentada con muchos e importantes elementos ignorados por la antigüedad. Los antiguos no poseían una ciencia de la historia y una ciencia de la naturaleza en el sentido que hoy se las da, y la noción moderna del cosmos que se funda sobre estas ciencias, bastaría por sí sola (aunque no se tuvieran en cuenta los progresos de la filosofía) para disipar toda incertidumbre acerca de la suerte que espera a las teorías cósmicas del cristianismo. Ahora bien: una religión no es un apéndice mecánico que se superpone a cualquier doctrina cósmica, de tal suerte que esta pueda cambiarse por otra completamente opuesta, sino que se ha desenvuelto orgánicamente sobre la concepción del universo que la sirve de sostén, y su separación constituiría una verdadera violencia hecha a su naturaleza. Si se la arranca de este suelo, ya no se tiene en las manos un organismo viviente, sino un miembro amputado de un organismo muerto, como sería un árbol cortado al nivel del suelo.

Este argumento me parece que tiene tal fuerza, que bastaría por sí para decidir en el sentido del segundo término de la alternativa la cuestión de si nos basta la reforma de la religión tradicional o si se ha hecho necesaria una nueva. Notemos bien el hecho capital de que los reformadores se hallaban esencialmente de acuerdo con la cosmología bíblica, y que por lo tanto habrían podido decidir la cuestión en un sentido opuesto al nuestro. La indignada protesta de Melanchthon contra el sistema de Copérnico nos parece respetable; pero cuando actualmente sobre esta misma cuestión del movimiento del sol, colocados en la alternativa de elegir entre la Biblia y la ciencia por la contradicción de los dos sistemas, que ningún sofisma puede ocultar, los ortodoxos luteranos se deciden por la Biblia, ya no los encontramos mas que ridículos. ¿Qué prueba esta diversidad de impresiones sino que el efecto forzoso de la civilización moderna, en aquellos que la han aceptado, es la imposibilidad de continuar siendo cristianos creyentes en la plena y entera acepción de la palabra?

Lo que es verdad en las relaciones del cristianismo con la creencia, lo es igualmente en la relación del cristianismo con el arte. Los iconoclastas y los destructores de órganos han estado en todas las épocas dentro de la idea cristiana pura, y la admisión del arte en el culto religioso no ha sido jamás otra cosa que un incentivo mundano para la gran masa de aquellos en quienes el sentimiento religioso por sí solo no era bastante intenso para producir el recogimiento y la edificación, siendo necesario despertarlo y reducirlo por medio de estos procedimientos exotéricos. Nada más contradictorio y falto de sentido que la transacción con que terminaron las grandes luchas eclesiásticas del imperio romano de Oriente, desterrando las estatuas de las iglesias, y tolerando al mismo tiempo los cuadros en el culto. Si esta solución del conflicto produjo grandes resultados para los destinos de la pintura, debemos cuidarnos muy bien de no atribuir este horror a la idea cristiana, porque no significa más que una concesión de ésta a los gustos artísticos mundanos de los fieles. Sea de esto lo que quiera, y aún cuando las artes hubiesen sacado algún provecho indirecto de la acción del cristianismo sobre el alma, es bien seguro que nuestra época no posee un arte cristiano vivo, sino que en las artes plásticas, lo mismo que en la música, no se producen ya bajo este nombre más que estudios académicos, semejando el estilo de las obras cristianas que han desaparecido. En donde quiera que el arte hace brotar todavía retoños vigorosos, se presenta absolutamente secular, es decir, anticristiano; nueva prueba del divorcio entre el hombre moderno y el cristianismo, teniendo en cuenta que tal fenómeno sería completamente imposible, si verdaderamente la cultura de nuestra época fuese cristiana, como los teólogos de nuestra edad nos aseguran.

Si las opiniones que acabamos de señalar entre el cristianismo y la civilización proceden esencialmente de que el primero concibe el mundo bajo el punto de vista de la trascendencia, y la segunda bajo el punto de vista de la inmanencia, se deduce de aquí la incompatibilidad del carácter fundamentalmente teísta de la metafísica cristiana con el espíritu moderno. Esta incompatibilidad presenta dos fases según que se la coloque sobre el terreno teórico o sobre el terreno ético-práctico. Bajo el aspecto teórico, la conciencia moderna se subleva contra el antropomorfismo inseparable de todo teísmo. Mientras el teísmo contenga lo que le distingue del panteísmo, esto es, la personalidad de Dios, no podrá desprenderse del antropomorfismo, y permanecerá inconciliable con la civilización moderna, la cual no quiere aceptar ya más que un Dios inmanente o el Dios de las leyes eternas, de la razón, y protesta contra todo Dios que se oponga al mundo creado y le gobierne desde fuera. Mientras el cristianismo mantenga el teísmo como base metafísica, será de temer una reacción y correrá el peligro de que la repulsión provocada por un Dios trascendente antropopático traiga como consecuencia el que la verdad se presente en compañía del error y se considere como absurda toda especie de creencia en Dios, lo mismo que la creencia en la sola noción de Dios declarada posible por el cristianismo, y sean presa los espíritus del ateísmo bajo la forma del naturalismo materialista. El solo Dios adecuado a la noción trascendente del mundo, que es la del cristianismo, es el Dios trascendente que gobierna el universo por medio de milagros, del mismo modo que la concepción científica propia de la conciencia moderna no permite que exista más que un Dios inmanente que rige este universo por leyes inmutables. El conflicto se perpetuará, pues, en tanto que no nos decidamos a romper con la idea cristiana en su esencia; y todos los esfuerzos hechos por los teólogos que quieran hacer filosofía y por los profesores de filosofía iniciados en la teología con el objeto de conciliar esta antinomia, no son más que sofismas impotentes de personas que pretenden sostenerse entre dos campos y mostrar disimulo en una materia que exige con urgencia una decisión pura y clara para los hombres de esta época.

Esta diferencia, puramente teórica en apariencia, adquiere mayor importancia por el hecho de que produce en la práctica resultados de gran trascendencia. Mientras yo crea en un Dios teístico que me ha creado con el mundo, y con el cual sostengo las mismas relaciones que el vaso con el alfarero; mientras no sea para él más que un pedazo de barro, y mi moralidad no pueda consistir en otra cosa que en la sumisión ciega y estricta a la voluntad santa y todopoderosa de este Dios trascendente, el mandamiento exterior permanece como la base necesaria de la moralidad, o, en otros términos, la moral y la heteronomía se confunden. Pero la verdadera moralidad no comienza sino con la autonomía moral, y la moral de la heteronomía, por mucha utilidad que ofrezca como medio de educación, se convierte en enemiga de la verdadera y única moral si se la quiere sustituir a aquella con deliberado propósito. Mas como el teísmo no puede tolerar ningún principio moral por encima ni al nivel de la voluntad divina, la consecuencia a la que no puede escapar es que toda moral teísta ejerce una acción desmoralizadora desde el momento en que el estado de la cultura permite que el espíritu posea la madurez necesaria para la autonomía moral. Ahora bien, la conciencia moral moderna ha puesto bien en claro este punto: que una conducta que se ajusta a una voluntad extraña no tiene valor moral en el verdadero sentido de la palabra, y que, antes por el contrario, la cuestión de calificación moral sólo tiene sentido bajo el supuesto de una voluntad que se determina a sí misma dándose leyes; así es que esta conciencia se encuentra en el campo de la ética en abierta oposición con la conciencia cristiana, porque es imposible separar a esta del teísmo y de las nociones que descansan sobre este fundamento.

Concluyamos. En cualquier punto de vista que nos coloquemos a fin de considerar las ideas capitales del cristianismo y las de la civilización moderna, se las contempla en una irresoluble contradicción, por lo que no es extraño que la misma contradicción se eche de ver más tarde, en mayor o menor grado, en todas las cuestiones de un orden secundario.

Casualmente se puede hallar acuerdo en las consecuencias de estas ideas, a la manera que en la aritmética una marcha equivocada puede conducir a la solución verdadera, merced a una compensación de errores. Aparte de esto, es muy posible que sobre ciertos puntos, no señalados hasta ahora, de la idea cristiana, del mundo y de la idea moderna, puntos indispensables para las dos doctrinas, sin ser, no obstante, de una importancia específica, como son, por ejemplo, el realismo histórico y el pesimismo, es posible que sobre estos puntos exista acuerdo entre ambas concepciones. Mas puede decirse que apenas tenemos conciencia del realismo histórico, teniendo en cuenta que la opinión que lo niega se halla débilmente representada entre nosotros, y los círculos que representan la cultura comienzan tan sólo a abrirse para los campeones del pesimismo: este detalle, pues, no podría desautorizar nuestro juicio sobre el conjunto, el cual consiste en afirmar que entre los principios fundamentales del cristianismo y los de la civilización moderna existe un conflicto inevitable; conflicto que debe terminar necesariamente por una reacción victoriosa del cristianismo, o por su destrucción completa, cediendo el campo a la civilización moderna anti-cristiana; por la muerte de toda clase de libertad en las naciones precisadas a doblegarse ante los furiosos asaltos del ultramontanismo, o por la supresión del cristianismo (si no de nombre al menos de hecho).

Antes de las jornadas de Koniggätz y Sedan sólo podía sostener la confianza en la victoria de la civilización moderna una fe enérgica en la lógica que preside al desenvolvimiento de las ideas en la historia. Únicamente desde que la Prusia ha fundado el Imperio alemán, roto con el crypto-catolicismo de Federico-Guillermo IV y del ministro Mühler que seguía sus huellas; desde que ha reconocido su principal misión histórica en el firme designio de emprender nuevamente la lucha de hace mil años contra Roma; en una palabra, sólo ahora existe un punto sólido susceptible de ser el centro de cristalización para todas las aspiraciones que convergen hacia la civilización moderna en la lucha por su existencia que el cristianismo amenaza. Realmente la lucha entre el Estado y la Iglesia presenta el carácter de una guerra de exterminio. La Iglesia quiere hacer del Estado un gendarme, y el Estado a su vez pretende rebajar la Iglesia hasta el nivel de una asociación cuya tutela le corresponde; mas el último y más profundo sentido de esta lucha se encuentra en la resolución de este problema: para la conciencia de la humanidad actual, ¿corresponde la preeminencia al mundo invisible o al mundo visible, al cielo o a la tierra, a la eternidad o al siglo? ¿Es el interés religioso o el interés mundano, el interés cristiano o el interés de la civilización el que levanta el platillo de la balanza? Si se quiere formar juicio exacto acerca de lo que el protestantismo conserva todavía de verdadero sentido cristiano, véase hasta qué punto se declaran enemigas del Estado las sectas protestantes y reconocen la solidaridad de los intereses del cristianismo con los del catolicismo. A cualquier ventaja adquirida por el ultramontanismo, seguiría inmediatamente una victoria de estas tendencias ortodoxas o evangélicas en el protestantismo; el triunfo del Estado sobre el catolicismo extirparía a estos microscópicos adversarios como se limpia con un soplo un pedazo de papel.

Hay muchos que escriben sobre la lucha por la civilización, en cuyas peripecias nos hallamos envueltos, pero sólo un número muy reducido de escritores se han dado cuenta de esto; la lucha actual es la última, es el esfuerzo desesperado de la idea cristiana que va a dejar la escena de la historia; para la cultura moderna es cuestión de ser o no ser, y para defender sus grandes conquistas hace falta la completa disposición y el empleo enérgico de todas sus fuerzas.

Los libros canónicos del Nuevo Testamento proceden, como todos saben, de puntos de vista muy diversos en materia de fe y de doctrina, y ofrecen a quien entiende lo que lee, el espectáculo de una ardiente polémica religiosa. No es menos sabido que varios de los dogmas más importantes pertenecen a fases posteriores del desenvolvimiento cristiano, aunque son necesarias muchas violencias de interpretación para descubrirlos en el Nuevo Testamento, en el cual asistimos al desarrollo de la doctrina cristiana por espacio de siglo y medio. Resultan, por consiguiente, contradicciones en los escritos del Nuevo Testamento, entre sí y con las formas posteriores del desenvolvimiento del dogma; mas estas contradicciones son ignoradas, despreciadas, o, cuando los adversarios las hacen observar con toda intención, negadas por el sentimiento religioso seguro de sí mismo, fundado sobre sí mismo, y para el cual el mundo entero de las ideas religiosas no es más que un medio de conseguir sus fines. Desde que ha llegado a ser un poder independiente, bastante independiente para reconocer las contradicciones como ellas son, el sentido de la verdad científica es un síntoma seguro de enfriamiento del sentimiento religioso y del fin de su dominación exclusiva sobre el alma, porque en tanto que este sentimiento es bastante ardiente para no admitir la participación de ningún otro elemento, el sentido de la verdad no puede combatirlo de tal modo que arrastre la inteligencia y la haga confesar la existencia de tales contradicciones. Tal era la situación de la edad media cristiana, que aceptaba el punto de vista doctrinal de las obras canónicas y de los padres de la Iglesia en posesión de la autoridad, como un punto de vista único e invariable. La ficción por la que se considera que el cristianismo es una doctrina, un desarrollo, se encuentra todavía dentro del catolicismo, puesto que se enseña que todos los decretos de los concilios no han sido más que definiciones de las doctrinas existentes en la Iglesia desde tiempo inmemorial o desde su principio.

Levantándose contra los abusos de la iglesia de entonces, la Reforma destruyó esta ficción y se hizo reaccionaria, manifestando claramente la pretensión de anular una porción de la historia del desenvolvimiento cristiano y de remontarse al Nuevo Testamento, es decir, al punto de vista doctrinal del siglo primero después de la muerte de Jesucristo. Verdad es que sin darse cuenta de ello falseaba y desfiguraba este punto de vista, comprendiendo en él igualmente los resultados del desenvolvimiento posterior que tenían el privilegio de agradarle. El protestantismo permaneció fiel a su principio al continuar la obra comenzada, al descubrir y señalar sucesivamente los anacronismos por los que se había enriquecido indebidamente la dogmática del Nuevo Testamento; suprimió los períodos más largos de la historia del desenvolvimiento cristiano y se hizo de este modo cada vez más reaccionario, a medida que creía ser más liberal. Es preciso consignar que la historia de los dogmas había llegado hasta las cosas más inaceptables, pero estas no eran, sin embargo, más que las consecuencias lógicas de las proposiciones contrarias a la razón que encerraban los principios fundamentales; así que, el trabajo comenzado no consistió en otra cosa que en deshacer el tejido hábilmente laborado de la dogmática cristiana, de suerte que al terminarse esta operación no quedó ya más que el hilo viejo y sin uso. Las contradicciones radicales de los principios habían hecho necesarios nuevos sofismas cada vez más sutiles, a los cuales era imposible contestar una vez concedidas las premisas; si se rechazan las consecuencias porque son contrarias a la razón, también deben rechazarse los principios fundamentales. No es posible forjarse ilusiones e imaginarse que todavía somos cristianos, concediendo a los principios fundamentales una adhesión nominal y privándoles de su contenido propio.

Lutero se apoyaba sobre la enseñanza del apóstol San Pablo, creyendo de buena fe que se había asimilado de esto modo la esencia del dogma cristiano. Pues bien; la doctrina de San Pablo no tiene absolutamente nada de común con la enseñanza de Jesús, sino que se refiere simplemente al carácter mesiánico del Cristo y a su muerte redentora, por la que se suple ante Dios la insuficiencia de la justicia según la ley, tal como la entendían los judíos. Este concepto ha llegado a ser para nosotros completamente inadmisible; no reconocemos ya al Dios que aplica la ley del Talión y que castiga aun después que han cesado las condiciones terrestres que influyen sobre la culpabilidad; ya no nos explicamos una justicia divina que exige del hombre más de lo que su naturaleza puede dar; miramos con horror la creencia en un Dios que castiga en las generaciones la falta de un individuo; quedamos estupefactos cuando vemos que un juez, para castigar un culpable, somete al suplicio de la cruz a un sustituto inocente, y se vanagloria de esta sustitución como de una gracia concedida; nosotros no podemos menos de someternos ante la paradoja de que un verdadero Dios haya muerto por nosotros, y bajo el punto de vista estético, la apoteosis de Jesús la consideramos como la conmovedora tragedia del profeta que sella su doctrina con su sangre.

Era imposible que nuestra época respetase estas bases de la doctrina paulino-agustino-luterana; fue preciso abandonar a San Pablo con la Epístola a los Hebreos, y examinar si el Nuevo Testamento no encerraba otro punto de vista doctrinal propio para servir de centro al cristianismo moderno. San Juan se ofreció desde luego, y la tesis de Scheling de que al cristianismo de San Pedro y al de San Pablo debía suceder el cristianismo de San Juan, hubiera sido capaz de seducir a los aficionados a construcciones filosófico-históricas, si desgraciadamente no hubiese llegado tarde. Spener se hallaba en mejor camino que ningún otro para llegar a este cristianismo joánico; mas el luteranismo era todavía demasiado fuerte para que se le pudiese sustituir por una nueva fase, y Spener mismo no tenía suficiente conocimiento de las divergencias doctrinales del Nuevo Testamento para pronunciarse decididamente en favor de San Juan, o, lo que es más grave aún, contra San Pablo. Su sucesor en los tiempos modernos, Scheleiermacher, trata de reconstruir en la dirección de San Juan la vida y el pensamiento auténticos de Jesús; pero este Evangelio, considerado por aquel como el más digno de fe y el más cercano a los acontecimientos, fue poco tiempo después de su muerte reconocido como el último, según el orden cronológico, de todos los escritos importantes del Nuevo Testamento y como destinado a dar satisfacción a una tendencia, a preconizar una concepción que se aleja mucho más que el paulismo de la doctrina de Jesús. Schleiermacher fue, pues, el último a quien pudo permitírselo el intento de levantar, confundiendo para ello diversas épocas de la evolución dogmática, una construcción digna de memoria. Nosotros hemos nacido demasiado tarde para tal empresa, y nuestro papel debe limitarse a apreciar cada fase del desenvolvimiento con sus caracteres distintivos. Bajo este concepto, no hay duda que el punto de vista de San Juan es en la serie de los principios el más elevado que ha conseguido alcanzar el Nuevo-

Testamento, y que, gracias a la filosofía alejandrina que se halla disuelta en su obra y por el lugar preferente que asigna a la caridad, despliega profundidades y bellezas que en el desenvolvimiento siguiente no fueron estimadas en su verdadero valor. Y, no obstante, San Juan no puede servir ya de sostén a nuestras concepciones religiosas. Aun cuando hiciésemos abstracción del dualismo, verdaderamente maniqueo, que opone los hijos de Dios a los hijos del diablo, predestinados desde toda la eternidad, y que contrasta de un modo extraño con el humanitarismo de la conciencia moderna que pretende abarcarlo todo, prescindiendo de sus frecuentes recaídas en las ideas judías sobre las penas, y lo que hay de poco sensato y meditado en su misticismo, en sus enunciados metafísicos, que parece como que nos quiere arrojar desde el cielo a manera de copos de nieve; siempre existirá un obstáculo invencible para que nosotros suscribamos a su punto de vista dogmático: este obstáculo es la doctrina que ocupa el centro de su concepción del Universo, la doctrina de la divinidad y de la función mediadora de Jesucristo.

La creencia de que ninguno llega a Dios sino por Jesucristo, significa el anatema fulminado contra todo el que no crea en la necesidad de esta mediación; y la creencia de que la encarnación del Logos en Jesucristo tiene otro sentido que el que le da Laitse o Spinosa, no está ya en uso entre los hombres cultos de hoy. Así, que el protestantismo liberal comprende justamente la debilidad del joanismo, y tácitamente ha abandonado este reducto construido por Schleiermacher, con tanto más gusto, cuanto que la metafísica joánica, la doctrina del Logos, tiene un carácter panteístico tan acentuado, que en el fondo los teólogos liberales teístas no pudieron jamás acostumbrarse a él. No hay más que un teólogo especulativo que haya tenido, como el hegeliano Biedermann en su Dogmática Cristiana, el valor de probar que hay contradicción entre la existencia absoluta y la personalidad, y hacer una franca profesión de panteísmo; no hay otro teólogo más que este, que pueda hallar en Hegel, en la doctrina joánica del Logos y en la unidad del espíritu absoluto y del espíritu finito que ella trata de realizar, la sola noción que resiste victoriosamente al examen en cualquier religión, y especialmente en la cristiana. Mas en vano se nos querrá persuadir de que estas ideas, importadas de la filosofía alemana más reciente al cristianismo, pueden enlazarse históricamente a Jesús o a San Pablo y al cristianismo histórico, que se ha fundado principalmente sobre su doctrina, y no sin razón, un doctor que manifieste estas tendencias se verá reducido a hacer el papel de cuervo blanco.

¿Qué resta, pues, como última ancora de salvación para el cristianismo moderno? Únicamente «la doctrina primitiva y auténtica, la pura doctrina de Jesús.» Este era el último paso en el camino de la reacción; el liberalismo se resolvió a darlo: ha decidido borrar la historia entera del desenvolvimiento cristiano y comprimir al cristianismo hasta ponerlo a la altura que tenía en el instante de su nacimiento o a la que la tradición le concede cuando el fundador lo dio a luz. Sólo las palabras que reproducen una enseñanza de Jesús serán consideradas con autoridad; porque no queremos creer en él sino como él ha creído en sí mismo; únicamente bajo esta condición seremos cristianos auténticos y verdaderos, y nuestro cristianismo será el cristianismo de Jesús. La entrada está bien clara; es preciso ver ahora hacia qué resultado marchamos por estas vías.

La doctrina de Jesús, con todo lo que la distingue de las interpretaciones posteriores, ha sido expuesta la vez primera por Strauss en la Vida de Jesús. Aunque esta célebre obra haya precedido a los trabajos en que la escuela de Tubinga ha mostrado que el Evangelio de San Juan no es una fuente histórica de la cual se pueda hacer uso para el conocimiento de la vida, y menos aún de la doctrina de Jesús, la exposición separa ya suficientemente los sinópticos del cuarto evangelista, para que en la lectura pueda operarse sin dificultad la eliminación necesaria del último. Leída de esta manera la obra de Strauss, a pesar del progreso de las investigaciones históricas, es todavía el guía más instructivo para el estudio de la doctrina de Jesús, porque su crítica es la más sana y porque nos dispensa de esa fraseología sentimental en la que, a ejemplo de Renan, la mayor parte de los autores modernos han creído oportuno envolver su pensamiento hasta tal punto de que ya estamos hartos mucho antes de llegar al grano.

La doctrina de Jesús no contiene una multitud de dogmas que San Pablo, San Juan y el desenvolvimiento posterior nos ofrecen. Jamás acudió al espíritu de Jesús la idea de creerse un Dios, o igual o tan solo semejante a Dios: hubiera rechazado seguramente tales imaginaciones con más indignación aún que con la que se defendió del epíteto bien inocente de «bueno», en el sentido de hallarse exento de pecado (Mateo XIX, 13). Nada sabe acerca de una preexistencia que tuviera lugar antes de su nacimiento, ni reivindica ninguna otra gloria para el porvenir que la de un juez y un rey elegido por Dios para juzgar y conducir a su pueblo elegido; jamás emplea la expresión de «Hijo de Dios» más que para designar un objeto privilegiado del amor paternal de Dios hacia todos. No es necesario decir que se excluye totalmente toda idea de atacar la unidad y la simplicidad de Dios en el sentido de la Trinidad que se inauguró más tarde; pero la tentativa de achacar a Jesús la concepción de la identidad hegeliana del espíritu absoluto y del espíritu finito, es, bajo el punto de vista histórico, aún más monstruosa. Además, Jesús no ve en la muerte que le espera más que un medio enérgico de despertar a los indiferentes de su letargo y excitarles a la enmienda, y no de otro modo viene a ser un medio de salvación para muchas almas que, si no hubiera sido por este sangriento testimonio de lo serio, de lo sagrado y de la verdad de su doctrina, no habrían parado mientes en ella. De esto modo nos desembarazamos sin dificultad de la divinidad, de la impecabilidad sobrehumana de Jesucristo, de la Trinidad y de la muerte redentora, cuando reducimos el fondo del cristianismo a los datos proporcionados por los sinópticos sobre la doctrina de Jesús. La cuestión se reduce a saber si se han de tomar en cuenta las otras consecuencias de la resurrección, bajo el punto de vista de Jesús, que se deben buscar, si no precisamente más atrás del judeo-cristianismo, por lo menos en puntos de vista anteriores, como representando un modo de transición entre el judaísmo contemporáneo y el judeo-cristianismo.

Jesús era judío de los pies a la cabeza; su educacion había sido la educación nacional judía; jamás (excepción hecha de las influencias del essenisno judaico) había llegado hasta él la influencia de ninguna cultura extraña. Vivió y murió en el círculo de las ideas de su tiempo y de su pueblo, participando de la superstición del primero lo mismo que de la fe nacional en las profecías que era propia del segundo. Toda su actividad se consagró a reproducir el modelo del profetismo judío, sin exceptuar los ejercicios ascéticos. Después que los profetas la hubieran indicado, era creencia aceptada por todos, el que un día el Dios nacional de los judíos había de reunir a todos los pueblos en torno de su templo, y ya desde largo tiempo los judíos habían conseguido prosélitos entre los pueblos extranjeros. Las relaciones internacionales cuya frecuencia iba aumentando desde los últimos siglos, había fortificado el pensamiento de trasformar, por vía de expansión, el sentimiento religioso nacional en un sentimiento religioso universal, y el retorno posterior al nacionalismo judío exclusivo no fue más que una reacción contra el cosmopolitismo anti-judaico del cristianismo predicado a los gentiles. Jesús no se salía, pues, de las vías ya trazadas por el sentimiento religioso de su pueblo, cuando, al acentuar el carácter indeleble de la ley mosaica, no perdía de vista, sin embargo, la propaganda del culto de Jehová entre los gentiles. La creencia en el próximo fin del mundo no consentía ningún aplazamiento en la obra de la predicación, si es que se quería salvar a una parte de los gentiles. Considerando las cosas bajo el punto de vista psicológico, es muy natural que la esperanza de convertir a los gentiles se arraigase en el alma de Jesús, con tanta más fuerza, cuanto que se veía amargamente frustrado en su tentativa de difundir sus ideas entre los mismos judíos.

Jesús es judío y nada más que judío; y si esto se pone en duda, procede, aparte de la influencia perturbadora de la voluntad, de que se ignora lo que era el judaísmo en tiempo de Jesús y lo que le distingue del judaísmo de Moisés y de los profetas. No sólo existe entre ellos la misma distancia que entre la Edad Media y nuestros días, sino que el período que los separa se halla sembrado de acontecimientos tan extraordinarios (traslaciones, conquistas, mezcla con razas y civilizaciones extranjeras), que la idea de un estancamiento es completamente inadmisible. El Talmud, con sus ideas en parte liberales y humanas, estaba ya casi completo, bajo la forma de la tradición oral en sus principios más capitales, y el judío ilustrado de aquella época veía el Antiguo Testamento a través del cristal del Talmud, del mismo modo exactamente que un protestante liberal de hoy ve el Nuevo Testamento por el cristal de la cultura y del humanitarismo modernos. La doctrina de Jesús nada encierra que no estuviera en la cultura de su tiempo completamente impregnada del Talmud; algunas de sus parábolas están tomadas del Talmud (y no hay duda que los símiles los ha sacado del tesoro de los proverbios populares). El mérito positivo de su enseñanza no consiste de ningún modo en que hubiese enseñado nada nuevo, ni siquiera que hubiese dado a los elementos existentes un carácter esencialmente nuevo, invirtiendo su posición respectiva, sino tan sólo en el hecho de que, gracias a él, la tradición esotérica de las escuelas se escuchó en la plaza pública, los más pobres y los más miserables alcanzaron así su parte de edificación y de instrucción, y con su vista penetrante y segura supo sacar de la hipertrofia de la erudición talmúdica verdaderas perlas, sabiendo presentar con sencillez los preceptos que recogía y, por virtud de una exposición viva y figurada, poner al alcance de la inteligencia del pueblo lo que hasta entonces le había sido totalmente extraño.

Verdad es que Jesús, además de los elementos tomados de la creencia religiosa popular y de la teología de su tiempo, ha dado alguna cosa que le pertenece exclusivamente, y de lo cual había hecho el centro de su predicación, que repetía sin cesar, y que era en lo que más se apoyaba e insistía. Pero precisamente este elemento original de su Evangelio, en cuya propagación hacía consistir especialmente su misión, no es para nosotros ya más que la hoja seca desprendida del árbol, la escoria que se va depositando lentamente en el fondo del desenvolvimiento histórico. Mas si se hace abstracción del desarrollo subsiguiente, por velar la doctrina primitiva de Jesús, y se nos quiere presentar esta última como la única que debe considerarse con títulos suficientes para gozar de una autoridad religiosa, nos vemos obligados también a considerar la doctrina de Jesús tal como se presenta históricamente en los documentos, y a tomar para el aprecio conveniente de la importancia relativa de las cosas la misma medida de que él hacía uso.

Ahora bien: ¿qué es el Evangelio de Jesús? La afirmación profética de que el reino nacional judaico de Jehová (βασιλεια τοῦ Θοῦῦ) esperado por los judíos en el sentido de una teocracia terrestre que debía regir una tierra que era necesario crear de nuevo (reino de la tierra) después de la destrucción de la antigua por el fuego; la afirmación, decimos, de que este reino se halla próximo y de que su advenimiento, el cual significa la supresión del mundo existente y el juicio final, debía realizarse en tan corto plazo que la generación presente se vería envuelta en este acontecimiento. A esto se limitó desde luego su Evangelio (que no es más que la continuación del predicado por el Bautista), y todos los consejos y advertencias relativas a la conducta práctica más conveniente, en las cuales se apartaba de las opiniones corrientes de los judíos sus contemporáneos, son las conclusiones lógicas de este Evangelio, es decir, de la creencia de que no vale la pena el ocuparse de nuestro paso sobre la tierra, puesto que no ha de durar más que un instante, y de que lo que verdaderamente nos interesa es ocuparnos de hacer penitencia y procurar la enmienda, para no ser, en el día del juicio, devorado por el fuego y excluido de la participación en el reino de la nueva tierra. Jesús mismo habla en todas partes de un modo que testifica claramente que en su pensamiento esto sólo constituye el contenido especial de su Evangelio, y que, por otra parte, sus predicaciones son la repetición de las enseñanzas y promesas ya de antes conocidas sin añadir nada nuevo.

Esta creencia en la proximidad del fin del mundo, que en este caso encuentra además en las profecías un punto de apoyo nacional, evidentemente procede de la convicción profunda de que un mundo tan malo merece perecer, y de la idea de que Dios participa de esta convicción, lo cual debe determinarle, por consiguiente, a aniquilar el universo sin pérdida de tiempo. Esta predicción no la ha hecho solamente Jesús, como es bien sabido, sino que en todas partes y en todos los tiempos un encadenamiento parecido de pensamientos en las almas abiertas a las emociones, ha conducido a semejantes profecías religiosas, y no es raro tampoco que hayan sido recibidas con tanta fe como las de Jesús lo fueron por sus discípulos. Aunque Jesús haya aludido alguna vez a una anticipación ideal de este reino de Dios que debe llegar muy pronto, esta anticipación ideal no se separa en él de la fe en la realidad de la profecía judía y en la verdad de su «gozoso mensaje» anunciando que el cumplimiento real está a punto de verificarse.

Así, pues, cuando los discípulos modernos de la doctrina de Jesús, históricamente testificada, dan tan grande importancia a la cuestión de ser cristianos evangélicos auténticos muros, conceden en primer término al gozoso mensaje de Jesús, relativo al reinado de Dios sobre la tierra, una significación contraria a la que le atribuye expresamente Jesús y que de ninguna manera podía alcanzar su pensamiento. No hay duda que si hacemos de la vida histórica tal caricatura que se vea en Jesús no un judío de la Palestina, viviendo bajo Tiberio, sino un miembro anticipado del Protestanverein (asociación protestante) de nuestra época, «maravillosamente ilustrado», entonces ya no debemos sorprendernos de nada, a no ser de la perseverancia con que Jesús ha fingido el ser judío por amor hacia sus compatriotas. Mas de otro modo no se encontrará en esta caricatura sino un resto del antiguo divorcio entre el sentimiento religioso y la razón, de esta facultad de fundir elementos conciliables para producir una imagen que satisfaga a aquel elemento. La diferencia que hay es que para el resultado que aquí se obtiene no merece ya la pena el mistificar la razón, y en segundo lugar, que, semejante procedimiento se compadece muy mal con la pretensión de seguir un método rigurosamente científico, crítico e histórico.

Pero aquí llegamos a la cuestión capital: siendo corriente que los secuaces de Jesucristo no quieren creer en Cristo sino como él creyó en sí mismo, ¿en qué sentido, pues, ha creído él en sí mismo? Se admite que él no ha creído en sí mismo ni como personalidad divina preexistente, ni como mediador en el sentido de San Juan, ni como redentor en el sentido de San Pablo, ni como modelo moral exento de todo pecado; pero no es menos seguro que no creyó en sí mismo como apóstol de una nueva doctrina religiosa, como fundador de religión. No se hubiera sorprendido poco, ciertamente, si se le hubiera predicho que de su actividad religiosa nacería una nueva religión que perseguiría a la judaica, su madre, con un odio exterminador.

De hecho, Jesús no se creyó en el comienzo de su carrera más que un profeta elegido de Dios, y sólo con el tiempo, y gracias a sus curas milagrosas y bajo la influencia de las alabanzas de personas enfermizas y exaltadas que saludaban en él al Mesías, pudo adquirir este sentimiento bastante altura para que él mismo creyese ser el Mesías esperado, aun cuando hasta las curas milagrosas ninguno de los signos marcados por los profetas convenían a su persona (9). Esta fue la causa de que él se resolviese a sancionar con su silencio la falsa opinión de que descendía de la casa de David y a interpretar su carrera profética como una actividad terrestre (totalmente olvidada en las profecías) destinada a preparar el camino al Mesías, el cual no debía bajar en toda su gloria sobre las nubes del cielo sino el último día. Jamás soñó Jesús en una interpretación ideal de las creencias mesiánicas de los judíos de su tiempo, hasta tal punto, que nunca renegó de su convicción en el próximo fin del mundo. según él, su reino no era de este mundo,» en el sentido solamente de que el principio de su reinado debía datar de la fundación de la nueva tierra y de la nueva Jerusalén, en cuyas concepciones nos equivocaríamos grandemente si viéramos otra cosa que imágenes.

Después de visto que estas promesas quedaban sin cumplimiento, fue cuando se buscó el expediente de las interpretaciones ideales; pero los secuaces de la doctrina primitiva de Jesús, que pretenden marchar de acuerdo con la crítica histórica, ¿tienen derecho a recurrir también a estas interpretaciones? Si lo hacen, sin embargo, teniendo la conciencia de que con la alegoría desnaturalizan la historia, ¿qué significa su llamada a la autoridad del Evangelio de

Jesús? Y en tesis general, ¿por qué tal extravío, inútil a la par que chocante bajo el punto de vista histórico y bajo el punto de vista filosófico? ¿Por qué no se dice de una vez a dónde se quiere llegar? San Pablo enlazó la idea mesiánica de su pueblo con su propia idea del redentor: esto era atrevido, arbitrario, falso con relación a la historia y con relación a la crítica, pero era posible. Mas si Jesús pierde su cualidad de mediador divino y de Salvador que rescata los pecados, ¿dónde hallar una interpretación de la fe que Jesús tenía en sí mismo, como Mesías de los judíos, suficiente para que salga de ella un sentido cualquiera admisible? Una curiosidad histórica; he aquí todo lo que es aún para nosotros la creencia mesiánica judía, y por consiguiente es insensato el suponer que nosotros podemos creer en Cristo en el sentido que el creía en sí mismo.

Eliminados así del cristianismo de Jesucristo los dos elementos por los que él creía cumplir las promesas nacionales de la religión judía, debemos, para encontrar otras particularidades distintivas de Jesús, llevar nuestros ojos a la concepción del mundo que él hacía desprender de su creencia en el próximo fin de todas las cosas. Consiste en el menosprecio del Estado, de la administración de justicia, de la familia, del trabajo y de la propiedad; en suma, de todos los bienes de la tierra y de todos los medios que sirven para hacer reinar el orden en el mundo y para dar a esto orden estabilidad. Estas consecuencias se derivan muy naturalmente de la creencia en el fin próximo del universo, de tal modo, que ya nos sorprendemos como de una espacie de inconsecuencia cuando ocasionalmente Jesús condesciende (lo que también Schopenhauer suele hacer) en penetrar en el horizonte visual de aquellos que no pueden elevarse a su punto de vista ascético para dar los preceptos morales relativos al aspecto inferior de la voluntad, realizándose, y satisfaciéndose en el siglo. Pero como estas consecuencias del Evangelio «primitivo» están en diametral oposición con las aspiraciones do la cultura moderna, se disimulan lo mejor posible por los secuaces de la doctrina auténtica de Jesús, se colocan bajo el tinte ebionítico de los relatos sinópticos (particularmente de San Lucas), necesariamente Jesús es acusado de inconsecuencia y de falta de habilidad en el pensar, todo para mejor adaptar su doctrina a la cultura moderna.

Agotadas estas cuestiones capitales, ¿qué nos queda aún como rasgo característico que distinga la doctrina de Jesús del talmudismo contemporáneo? La convicción pesimista de que este mundo es indigno de la existencia; pero este pesimismo se opone, si no a la civilización moderna, por lo menos a la satisfacción optimista que inspira el mundo al racionalismo protestante, tan perfectamente satisfecho de su Dios y de su creación; por eso tiene buen cuidado de no percibir este pesimismo ni el de los otros escritores del Nuevo Testamento.

Hemos separado, pues, de la doctrina de Jesús todo lo que se contiene de característico. El resto consiste en parábolas y sentencias, las cuales, teniendo presente que Jesús aceptaba lisamente la metafísica de la teología judaica, no encierran ningún valor metafísico, ni aportan nada nuevo a la moral. Se concede un gran desenvolvimiento a la moral que se basa en la recompensa y el castigo, moral que el protestantismo no puede sustentar, aunque la vele o la deje en una discreta oscuridad. La transición a una moral más elevada se presenta en la conclusión del Sermón de la Montaña, reproduciendo la conocida respuesta de Hillel a un discípulo, de que toda ley se halla contenida en el precepto: «Haz por otro lo que quisieras que hicieran contigo.» En otro pasaje (Mat., XXII, 40) designa como sumario de la ley y de los profetas los dos mandamientos (Deut., VI, 4-5 y Lev., XIX, 1), no creyendo, por ningún concepto, decir nada nuevo, como se desprende del asentimiento inmediato del doctor de la ley (Marc., X, 32-33), y todavía mejor de la versión de Lucas (X, 25-28), que hacer citar al mismo doctor de la ley estos mandamientos del amor de Dios y del prójimo como los principales. Inmediatamente cita (Luc., XVIII, 20) los cinco mandamientos más importantes de la ley mosaica, y formula al fin, seguramente según Lev. (XIX, 2, y XI, 44), este precepto: «Sed perfectos como es perfecto vuestro Padre celeste» (Mat., V, 48), es decir, el mandamiento de tomar por modelo ético al Dios Personal. Esta última concepción no puede subsistir más tiempo que el teísmo trascendente, teniendo en cuenta que con un Dios inmanente, ya no es posible hablar de relaciones éticas entre él y sus manifestaciones.

Terminemos. Toda la parte del contenido ético de la doctrina de Jesús que le place conservar al protestantismo liberal, se reduce a los preceptos mosaicos del amor de Dios y el amor del prójimo, que están citados una sola vez, aun cuando se señale, bien su importancia, pero sin que produzcan segura consecuencia, y cuya significación se encuentra al mismo tiempo gravemente debilitada por el hecho de que otro pasaje atribuye la misma importancia en principio, como compendio de la ley de los profetas a la moral de Hillel, donde todo se limita al precepto trivial de la reciprocidad que pertenece a la moral del interés bien entendido. ¿Qué pensar de esto, sino que Jesús no había comprendido claramente la diferencia de las dos máximas, es decir, que el mandamiento del amor de Dios y del prójimo no tenía en su pensamiento más amplitud ni más elevación que la regla práctica de la reciprocidad de servicios que la prudencia sugiere y que tantas lenguas poseen como proverbio autocon?

San Juan ha sido el primero que colocó en el centro de la ética al amor, tomado en su sentido más profundo, y es desconocer totalmente la historia el referir este punto de vista a la enseñanza de Jesús, cuya moral, en plena armonía bajo este aspecto con el espíritu de sus contemporáneos, se dirige principalmente al motivo egoísta de la preferencia de mal menor y del mayor provecho. Si en el orden de la moral, o más bien, de los resortes o motivos morales, se señala la doctrina de Jesús por alguna particularidad, esta se encuentra en el Evangelio propiamente dicho, el cual declara que el fin del mundo y el reinado de Dios se hallan próximos, y coloca la representación de la pena terrorífica y de la recompensa seductora a una distancia corta y proporcionada a nuestro órgano visual, prestándole así mayor eficacia.

Así es que, por lo que concierne a la ética, la doctrina de Jesús no nos ofrece nada de particular de lo cual se pueda hacer uso, y los pasajes en que se consignan las experiencias de su aplicación, se reducen a citas ocasionales cuya profundidad y alcance no ha apreciado Jesús de un modo completo. Por esto los secuaces de Jesús se ven estrechados y no tienen otra salida que el atribuir su sentido a las declaraciones de Jesús y colocarlas fuera de texto, como se hace con un epígrafe cuya acepción histórica no nos creemos obligados a escrutar de demasiado cerca. La consecuencia es, que los sermones de estos secuaces del cristianismo de Cristo sobre los textos bíblicos, en lo arbitrario de la interpretación y en el talento que emplean para hallar símbolos y combinaciones, sobrepujan aun a las producciones do los siglos pasados, y no encuentran semejantes, a no ser en las predicaciones de los rabinos liberales, que tienen al menos un modelo o una excusa en el vuelo y en los saltos atrevidos de la imaginación oriental, de esa asombrosa facultad cuyas manifestaciones en el Talmud no pueden menos de hacernos sacudir la cabeza. Allí, en efecto, las sentencias no están presentadas la mayor parte de las veces bajo la forma abstracta, sino expresadas por medio de imágenes, y desde entonces este procedimiento contrario a la crítica y a la historia, que so pretexto de interpretación hace pasar los pensamientos modernos a los viejos textos, se facilita considerablemente, atendido a que con la interpretación una imagen se presta fácilmente a todos los deseos, sobre todo si se la aísla de todos los lazos históricos y psicológicos.

El error fundamental de los secuaces del cristianismo de Jesús, es doble. Consiste, en primer lugar, en creer que es preciso atribuir el valor histórico de Jesús a su doctrina más bien que a su influencia personal sobre el medio en que vivía; después, que Jesús debe ser considerado y honrado como el fundador de la religión cristiana universal.

Sobre el principal punto, San Pablo y San Juan manifestaron una percepción histórica más clara que nuestros historiadores críticos modernos. San Pablo no se cuidaba, bajo ningún concepto, de lo que Jesús había dicho y de los λόγια κυριακά cuya tradición existía en el círculo de los discípulos; esta esclavitud de la letra le parecía frívola y que podía perturbar las ideas produciendo efectos nocivos, por lo que no buscaba otro punto de apoyo que el Evangelio de la proximidad del fin del mundo, el carácter mesiánico de Jesús y, sobre todo, su muerte en la cruz, sobre cuya eficacia redentora levantaba su nueva religión universal. En cuanto a San Juan, es decir, al autor del Evangelio de este nombre, tenía tan poco respeto a la doctrina histórica de Jesús, que él trasformó del modo más atrevido la tradición de esta doctrina para ponerla en condiciones de servir a sus propias tendencias; en desquite, vela en la encarnación del Logos o en la luz que ha venido al mundo, la crisis del juicio universal, crisis ocurrida ya, y la muerte de Jesús sobre la cruz se lo representaba como el punto de división en la historia. Verdad es que nosotros ya no podemos creer que el sentido de estos dos discípulos tiene particular eficacia en lo que se refiere a la persona y a la existencia de Jesús, pero sí lo podemos creer un sentido puramente humano.

Difícil es de definir lo que puede el encanto seductor de una personalidad sobre las personas que se encuentran en contacto con ella. Si la pluma del poeta apenas logra evocar nuevamente en la imaginación del lector lo que hay en ello de misterioso, con menos razón puede alcanzar la prosa este resultado. Aunque se enumeren todas las amables cualidades de un hombre, siempre quedará una parte, un algo que no se puede definir ni expresar, y que es lo que realmente ejerce sobre los que le rodean un efecto eléctrico y avasallador; con tales elementos pueden existir, por otra parte, grandes defectos que, considerados aisladamente, excitarían la antipatía. Jesús debió haber sido dotado de este poder personal indefinible, como lo prueba el entusiasmo de la multitud que por seguir sus errantes pasos abandonaban la casa y los negocios a sus mujeres y a sus hijos.

Sigamos en sus efectos la abnegación personal y entusiasta que inspiraba el personaje profético maravilloso que ya mientras duró este orden reconocían ellos como «Señor» anticipando así el reinado del porvenir. Esta abnegación, llamada positivamente «fe», de aquellos que habían estado en contacto con su persona, fue la que por su persistencia más allá de la tumba del maestro, y por su gozosa aceptación del martirio, se impuso lo bastante a uno de los más decididos perseguidores, para que el encanto de la personalidad que tales efectos producía comenzase también a envolverlo en sus redes y, favorecido por otros hechos psicológicos, lo tomase de Saulo en Pablo.

Nada se hallaba más lejos del pensamiento de Jesús, ya lo hemos manifestado, que el ser heraldo de una doctrina nueva o fundador de una nueva religión. A la manera de los antiguos profetas, no quería enseñar nada más que el puro judaísmo, declarando que el cumplimiento de las promesas nacionales de la religión judaica estaba próxima, y presentándose como el Mesías esperado, como aquel que estaba llamado a realizar este cumplimiento. Si más tarde se hizo de su vida el punto de partida de una religión nueva, no judaica; y si su doctrina fue interpretada y desfigurada bajo el sentido de esta nueva religión, todo esto fue contrario a su voluntad y a sus miras. La misma persuasión en que estaba de que el fin del mundo y el nuevo reino de Dios no tardarían en llegar, le hubieran hecho considerar como quiméricas estas consecuencias de su doctrina. La obra y la muerte de Jesús no fueron, pues, otra cosa que la causa inconsciente e involuntaria de la fundación de una religión nueva llevada a cabo por San Pablo. ¿Qué habría acontecido si Pablo no se hubiese apoderado de la muerte de Jesús sobre la cruz para desenvolver partiendo de aquí sus nuevas ideas dogmáticas y religiosas, si la doctrina de Jesús se hubiera inmovilizado en el judeo-cristianismo tomado en su primera fase, es decir, tal como existía antes de las modificaciones producidas para el advenimiento de las influencias paulinas? No distinguiéndose de los demás judíos sino por la creencia de que el Mesías iba a aparecerse, y esto en la persona de Jesús volviendo a la tierra, la comunidad de los discípulos de Jesús, después de la demostración histórica de la falsedad de tal «fe» se extinguiría por sí misma en lo que tenía de característica. La diferencia era demasiado pequeña para que ni aun pudiera hablarse de una secta judía en el sentido ordinario de este término, pues que la noción de secta implica una divergencia cualquiera en el dogma o en la liturgia.

Resulta evidentemente de lo que precede, que el intento de volver a la doctrina primitiva de Jesús, eliminando la proximidad del fin del mundo y la idea mesiánica, no significa realmente otra cosa que el retorno al punto de vista del judaísmo en la época de Jesús, puesto que se quieren borrar los rasgos que lo separan del cristianismo. A menos, pues, que prefieran la doctrina del Bautista a la de Jesús, estas personas no debieran hacerse bautizar sino circuncidar, porque Jesús, que no ha bautizado a ninguno de sus discípulos, aceptó, por el contrario, la circuncisión, puesto que ni un solo artículo de la ley mosaica debe quedar sin efecto (Mat. V, 18-19). Mas como está claro que los secuaces de la doctrina de Jesús no se hallan conformes con esta consecuencia, sino que se juzgan muy superiores al judaísmo, aun cuando no sea posible señalar ninguna diferencia esencial entre ellos y la forma liberal moderna del judaísmo, el punto de vista que adoptan se disipa y desaparece totalmente. Debajo del título «El cristianismo de Cristo», no queda más que una hoja en blanco, de la cual se borró ya cuanto había figurado en otro tiempo como verdad adquirida en la historia. En el fondo se ve, a no dudarlo, lo que estos señores desean: un espacio sin límites y sin barreras para difundir sus propias ideas en el mundo, sin abandonar el nombre de cristianismo, o, lo que es igual, las ideas de la cultura moderna, navegando bajo el pabellón cristiano.

Todo esto sería muy bueno, si, enfrente de la falsedad de esta denominación, el sentido de la verdad y de la razón se mostrase más flexible que enfrente de cualquier otro dogma, y si el sentido histórico no se revelase al contemplar a la verdad escarnecida, ¿y por quién?, por hombres que pretenden fundarse sobre la ciencia histórico-crítica. después que estos señores han hecho a sabiendas liquidación de todos los dogmas reales del cristianismo, para salvar al menos un último y miserable residuo, esto es, el nombre de cristianos, se detienen ante un dogma que ya nada tiene de aceptable para la razón, y este dogma es la afirmación de que las luces de las sentencias bíblicas, desviadas de su sentido y de las ideas recogidas en la cultura moderna, son «el cristianismo primitivo y auténtico de Jesucristo.» Las indicaciones precedentes han mostrado lo que significa la doctrina de Jesús y en qué sentido él ha creído en sí mismo; claro está que la empresa de resucitar en nuestra época este cristianismo de Jesucristo, es mil veces más quimérica que la de propagar nuevamente el paulismo o el joanismo.

Pero en el ruido que se forma en torno del cristianismo de Jesucristo, todavía existe otra cosa que es necesario apreciar. Se oculta aquí un resto de la antigua fe de autoridad que no es posible dejar de esclarecer. Sin duda la autoridad de Jesucristo se funda sobre la fe en su divinidad, pero no es menos cierto que, gracias a la larga vida de que se hallan dotados los poderes morales, este respeto sobrevive un tiempo más o menos largo a la raíz de donde arranca, y se echan cálculos sobre la persistencia en el corazón del pueblo de un sentimiento que ha reinado durante un período tan largo de tiempo. Este respeto, que en la actualidad no tiene fundamento, es el que después de consumada la ruina de toda otra autoridad, debe asegurar a lo que se da como la doctrina de Jesús, una acogida más completa e incondicional que esta exposición encontraría si se la considerase y examinase como lo que es en realidad, es decir, uno de los discursos incidentales de un judío visionario que ha vivido hace más de mil años, y que fue un hombre como nosotros, salvo que su cultura era la de una época más grosera y más supersticiosa. Aún se va más lejos, se trata de sostener artificialmente este respeto separado de su raíz, manteniendo en torno de la figura de Jesús, colocado así a nuestro humano nivel, una veneración muy semejante al culto concedido al hombre Dios de la antigua fe, veneración que causaría risa por lo absurdo si el bizantinismo humillante de tal proceder no provocara en nosotros la más profunda indignación moral. Que Strauss ofrezca a nuestra adoración su universo materialista, es completamente absurdo; pero que el protestantismo liberal reclame tal homenaje para el hombre Jesús, es una exigencia que irrita y repugna.

Si se preguntase, por otra parte, si el respeto tradicional del pueblo hacia Jesús, explotado de un modo tan poco protestante, ha de durar mucho tiempo después que la aureola de su divinidad se haya desvanecido, a duras penas podrían contestar afirmativamente estos señores, y esta consideración bastará para que puedan juzgar de la insuficiencia de este expediente transitorio. El principio protestante en sus últimas consecuencias rechaza toda suerte de autoridad dogmática, y de grado o por fuerza, estos señores tendrán que tomar un partido, habrán de pasarse sin la autoridad de Jesucristo y sin la de los Apóstoles. Por último, la tentativa de remontarse a la doctrina de Jesús, ya no hace esperar ventaja positiva en lo que se refiere a los fundamentos modernos de la religión, sino tan sólo un provecho negativo consistente en que la doctrina de Jesús es mucho menos rica en dogmas que la de sus discípulos, por lo cual se compadece mejor con la del protestantismo liberal, que ninguna otra fase posterior del desenvolvimiento cristiano.

VI
El protestantismo liberal no pertenece al cristianismo

En el último capítulo hemos visto de qué manera el principio protestante, en el curso de una crítica a la cual no es posible levantar barrera alguna y que cada día lleva más adelante sus ataques, socava y aniquila toda autoridad, no solamente la de los Papas y los Concilios, de la tradición y de los Padres de la Iglesia, del Nuevo Testamento y de sus autores, sino también y en el mismo grado la de aquél a cuya autoridad acudían todos los que acabamos de nombrar, suponiendo que trasmitía directamente la revelación divina. Una vez sacada esta consecuencia, ya no hay razón para atribuir, a no ser relativamente, más autoridad a Jesús, el hijo del carpintero, que a Pedro el pescador o a Pablo el fabricante de tiendas; nos vemos conducidos a colocarlos al mismo nivel y a no tener por útiles sus enseñanzas sino en los límites en que responden al punto de vista doctrinal del lector moderno. Mas como quiera que se demostró que la posición adoptada en la cuestión de principios por todos estos representantes de la idea cristiana es en el día insostenible, ya no puede ser sino por opiniones relativas a puntos de doctrina secundarios y accesorios por lo que obtengan todavía la adhesión de los representantes del «cristianismo moderno.» Este modo de pensar se llama eclecticismo. Pero con el eclecticismo nos colocamos ya fuera del periodo de desenvolvimiento en cuyas diferentes fases se elige a voluntad lo que se encuentra; la elección está dirigida por motivos y consideraciones que se hallan fuera de la evolución de la idea que gobierna el período (en el caso actual atendiendo a consideraciones sacadas de la cultura moderna).

No ofrece duda que puede uno muy bien haber abandonado la pretensión de ser cristiano, y, sin embargo, citar ocasionalmente pasajes de las Escrituras como se cita a los poetas; mas esto no se hace para prestar fuerza al argumento, no se piensa en otra cosa que en el adorno del discurso, o tal vez porque nos hallemos bajo el encanto de la expresión admirable que una inteligencia ha encontrado en tal o cual pasaje. Poco falta para que el protestantismo liberal se satisfaga con introducir en este sentido los pasajes bíblicos en sus sermones; pero no se detiene ahí, sin embargo, sino que trata de aprovechar el respeto hacia la Biblia que sobrevive en el seno del pueblo a la ruina de la fe en la revelación. No obstante, este juego es tan poco honroso como el que se hace con respecto a Jesús y del que hemos hablado en el capítulo precedente: ambos son pasos de escamoteo que todavía durarán algún tiempo, pero llegará un día en que los protestantes liberales verán a sus propios oyentes significarles que conocen el truco. En cuanto a manifestar si conviene a un predicador como los que consideramos, tomar un texto de la Biblia y dividir su sermón según las partes del texto, esto, después de la destrucción completa de la autoridad y abstracción hecha de toda idea de especular con el abuso de sus derechos aún no extinguidos, esto, decimos, es una cuestión completamente indiferente; un modo semejante de obrar sería, por decirlo así, una diversión inocente, si es que, permitiendo en servirse de esta forma vacía, el orador no pretendiese al mismo tiempo retener el carácter esencial de la predicación cristiana, que es el de ser la interpretación de la palabra divina. En medio de tales trapisondas, el protestantismo liberal trata de que aparezca la continuidad histórica con el cristianismo positivo, y aspira a representarla; muestra que en realidad, por el hecho de haber rechazado la fe en la revelación y en la autoridad de las Escrituras asestó a esta continuidad un golpe del que no se levantará jamás. No existe ya razón intrínseca para que un predicador de esta clase proteja su discurso con un texto cualquiera, puesto que es su razón el solo criterio soberano de lo que se la propone. Si le place apoyarse en opiniones doctrinales extranjeras, esta es cuestión suya, y sólo deben tenerse en cuenta las conveniencias de la exposición. ¿Buscará el apoyo que le hace falta entre los escritores modernos o clásicos, profanos o eclesiásticos, entre los autores chinos, budistas, judíos o cristianos? La respuesta a esta pregunta resultará de la solución dada a esta otra: ¿Dónde encontrará la expresión más concisa y más apropiada de las ideas que representa? Ya no es posible hablar de más o menos autoridad, puesto que no existe en ninguna parte.

Si tales predicadores, pues, toman los textos de sus discursos del Nuevo Testamento, van impulsados para ello por un motivo exterior, cual es el deseo de hacer creer que su pensamiento guarda una relación más estrecha con el Nuevo Testamento que con ningún otro libro. Pero tratan do hacer creer lo que no es, puesto que repugnan todas las opiniones dogmáticas del Nuevo Testamento.

Bajo el punto de vista positivo, su eclecticismo bíblico no pasa de lo accesorio, esto es, de ciertos puntos en que falsean el sentido de las declaraciones escriturarias por una interpretación que nada tiene de histórica; su eclecticismo no se extiende a los principios más que bajo el punto de vista negativo, porque de los escritores del Nuevo Testamento aceptan las declaraciones por las cuales niegan expresa o implícitamente otros principios dogmáticos que pertenecen a la misma fase del desenvolvimiento. Por eso se apoyan en San Pablo para la negación de la ley mosaica, en San Juan para rechazar por completo el judaísmo (y accesoriamente para autorizar su indiferencia con respecto a la santa cena), en Jesús para negar los dogmas fundamentales del cristianismo, que no han podido formularse sino después de su muerte, visto que antes no existía religión cristiana separada del judaísmo. Parécenos excusado añadir que este eclecticismo negativo no puede aspirar a producir ningún interés positivo, y su única utilidad consiste en secundar a la crítica disolvente y destructora. La condición indispensable para que interese es, que lo positivo que se quiere destruir subsista en su fuerza histórica y haga necesaria la continuación de la lucha.

Preguntemos una vez siquiera: ¿qué derecho tiene en realidad el protestante liberal para llamarse cristiano, prescindiendo de la materialidad de que sus padres lo hayan hecho bautizar y confirmar? Aquellos que profesaban la religión cristiana han tenido en todo tiempo un carácter común: la fe en Jesucristo. Por lo que respecta al Dios de Jesucristo, los judíos y los mahometanos creen en él igualmente, y los mahometanos creen al mismo tiempo que Jesucristo ha sido un profeta, sabio, virtuoso, a quien Dios concede un afecto muy particular. Si bastase creer en Jesucristo como un orador religioso, popular, dotado de sentido y de juicio, los mahometanos estarían tanto y aún más autorizados que nosotros para reclamar el nombre de cristianos. Si la fe en Jesucristo es, pues, la que constituye el cristianismo, necesario es entenderla en un sentido más rico y más estricto. Ya hemos visto que los protestantes liberales no creen en Jesucristo, ni como Lutero, ni como Santo Tomás de Aquino, ni como San Juan, ni como San Pablo, ni como San Pedro han creído, y mucho menos como Jesús creyó en sí mismo, pues que se creta el Cristo (el Ungido, el Mesías). ¿De qué manera creen, según esto? Creen en él como fundador de la religión cristiana. Ahora bien: hemos podido ver en el capítulo precedente, que no es posible considerar a Jesús como fundador consciente y voluntario de una nueva religión. Queda, pues, demostrado que la sola forma en la cual los protestantes liberales creen en Jesucristo, está en desacuerdo con la historia.

Pasemos por esta objeción. Todavía no es posible, sin embargo, conceder que la creencia que reconoce en una persona la cualidad formal de fundador de una religión, suministre una prueba suficiente de que se pertenece a esta religión. En efecto, desde luego todos los que no son cristianos y que han oído hablar de Jesucristo según la tradición cristiana, creen también en él como fundador de esta religión; y en segundo lugar, sería un círculo vicioso el que la fe cristiana específica consistiere en creer en Jesucristo como fundador de esta creencia. El resultado necesario de tal disminución de la fe en Jesucristo es hacerla mirar como una cosa sin consecuencia para la determinación de lo que constituye al cristiano, y buscar el carácter decisivo en otra parte, cosa que la historia del cristianismo no ha hecho en los 2.000 años que lleva de existencia. Aquí ya podemos ver cómo se efectúa la ruptura de la continuidad con el cristianismo histórico.

Ahora bien: una vez rechazada de un modo absoluto, en calidad de protestante, la autoridad de la tradición, desafío al hombre mas hábil a que me encuentre en el mundo entero otro signo de adhesión a la religión cristiana que la fe en la persona de Jesucristo o la fe en el contenido de su doctrina. Una y otra están vedadas al protestantismo liberal como lo acabamos de demostrar con respecto a la segunda, y como en el capítulo precedente lo hemos hecho con la primera; así que hemos probado rigurosamente que en realidad está ya colocado fuera de la religión cristiana, y que en el punto de vista en que se halla, el principio protestante ha traspasado los límites en que se interrumpe la continuidad histórica con el fondo esencial del cristianismo.

No hay para qué decir que está muy lejos de mí el pensamiento de acusar de falsedad subjetiva a los protestantes liberales que pueden ser reconocidos como cristianos: creo solamente que tales personas no han podido ver claro aún en lo que se refiere a las últimas consecuencias del principio protestante, o se hacen muchas ilusiones sobre el verdadero resultado del estudio histórico crítico de los orígenes, y que con los rápidos progresos de la ciencia en la actualidad, no puede estar lejos el día en que las ilusiones que alimentan se desvanezcan. Fácil es ver hasta qué punto se encuentran hoy incómodos en su posición. Este sentimiento de inseguridad y de inquietud explica el por qué la respuesta negativa de Strauss a esta pregunta: «¿Somos todavía cristianos?», ha sido objeto de ataques tan vehementes por parte del protestantismo liberal. Es cierto que, aun en esta parte, la argumentación de Strauss es muy superficial, debido a que no tiene en cuenta para nada el punto de vista del protestantismo liberal, y se contenta con señalarnos nuestra ruptura con la noción ortodoxa; mas los resultados a que conduce son los únicos inatacables de su «confesión», cuyo valor esencial agota por completo aquella seca respuesta.

El sentimiento de la flaqueza de su posición explica aún otra cosa más que la especial violencia de la polémica contra Strauss. Nos referimos a la intolerancia anti-liberal de los protestantes liberales con respecto a otros puntos de vista más liberales. Cuantos menos elementos cristianos poseen, más artificiales son los medios por los cuales permanecen en su ilusión de cristianismo, mas les es preciso naturalmente velar con celo por la conservación de los estrechos límites que aun a sus propios ojos les separan de los que no profesan esta creencia. Los cristianos que disponen aún de todo el rico tesoro de una creencia positiva, pueden ser tolerantes en cierto grado; mas cuando para preservar la ilusión de la profesión cristiana es forzoso imitar, por decirlo así, el juego de la carrera entre huevos, y batallar sobre cuestión de sílabas, toda tolerancia se hace imposible, y la izquierda cristiana se ve empujada hacia la intolerancia. Como es bien sabido, no todos los partidos religiosos son liberales, y no piden la tolerancia más que cuando se hallan en la oposición y están oprimidos por otros partidos que ejercen la autoridad; mas así que ellos llegan a dominar, desaparece por completo su liberalismo, y, regla general, en materia de intolerancia, todos aventajan a sus predecesores. Este fenómeno, del cual toda la historia ofrece una prueba bien clara, se repetiría en mucho mayor grado si el protestantismo liberal de hoy dominase en alguna parte; pues por la razón que hemos indicado, sobrepujaría en intolerancia a todas las confesiones que han ejercido el poder antes que él. Hoy por hoy, se aviene, aunque murmurando, con la filosofía anticristiana, mientras puede sacar de su arsenal armas para reforzar su trabajo de crítica y de destrucción; pero esta filosofía no tendría seguramente adversario más encarnizado que este mismo protestantismo liberal si consiguiera arrancar a la ortodoxia su supremacía.

¿Y lo conseguirá? No es posible desconocer que en Alemania los augurios no son por completo desfavorables, y que se presentan de un modo que justifican en el liberalismo tales esperanzas. Por lo menos, si él no creyese en esta posibilidad, no se explicaría la causa de que persista con tanta obstinación en vivir dentro de la Iglesia evangélica unida de Prusia, donde se halla lo mismo exactamente que un gorrión en un nido de golondrina. De todos modos, el protestantismo liberal de las «comunidades libres» tenía en la generación pasada una marcha más franca: a pesar del error en que estaba en cuanto a su carácter cristiano, aún se dudaba de que fuera posible que permaneciese en una Iglesia oficial cuya base fuera el cristianismo positivo. ¿Se habría ocupado más de los intereses temporales si se hubiese lisonjeado de ser algún día el maestro de la Iglesia oficial?

Esta es una pregunta a la cual es difícil contestar. Mas quizá la suerte que ha tenido el movimiento de las comunidades libres sirvió de saludable advertencia al protestantismo liberal de nuestros días, que ha comprendido que no es preciso contar con el apoyo del pueblo, sino tratar de apoderarse de una posición valiéndose para ello de las más altas influencias. Verdad es que semejante reflexión sería la más ruda condenación de la causa que, a decir verdad, no tiene más que más que apariencia de popularidad. Equivaldría a confesar que el pueblo no puede entusiasmarse con lo que el protestantismo liberal le ofrece y que sólo de una manera artificial y con el auxilio de la jerarquía y de las ruedas eclesiásticas tradicionales puede este partido hacer del pueblo uno de sus medios; y, no obstante, ¿por medio de qué signo se ha reconocido en todos los tiempos la vitalidad de un movimiento religioso? Por su poder de inflamar y arrastrar al pueblo. Pero como el pueblo, en el seno del cual el protestantismo liberal hace su propaganda, ya no es cristiano en el sentido estricto, y por lo tanto no puede ser la ruptura con el cristianismo, disimulada por lo demás lo mejor posible, lo que atemorice a este pueblo; como por otra parte, a excepción de las grandes ciudades, no ha llegado a ser irreligioso, antes por el contrario, la necesidad más viva de su corazón es el satisfacer su sentimiento religioso de un modo que esté en armonía con los tiempos en que vivimos, no es preciso acogerse a lo que contiene o, mejor dicho, a lo que no contiene el cristianismo liberal, si las gentes no pueden entusiasmarse con él más que en la medida en que satisface por su aspecto negativo el deseo de hacer oposición a las autoridades consagradas, es decir, no una necesidad religiosa, sino una necesidad de libertad. Aquel a quien el odio a la ortodoxia o el solaz que procura un talento oratorio poco común no le lleva a escuchar un sermón liberal, prefiere ordinariamente pasearse o emplear la mañana del domingo en el trabajo o en la lectura. Aunque las causas de este fenómeno ya no sean misteriosas después de lo que precede, vamos sin embargo a consagrarlas un capítulo ad hoc.

El hombre que lleva en sí algunos conceptos metafísicos que afectan su sensibilidad de un modo positivo, tiene religión. Que se sienta afectado en un grado mas o menos débil, que sufra estas impresiones de una manera puramente ocasional y fortuita, o bien las busque expresamente y se abandone a ellas de un modo estable, todo esto depende de su disposición natural religiosa y de la cultura que haya recibido. Pero es rarísimo que un hombre no tenga por lo menos el germen de esta disposición religiosa, aun cuando en ciertas personas los sentimientos despertados por ciertas conclusiones metafísicas permanezcan en el estado puramente instintivo o inconsciente, mientras que estas mismas concepciones ejercen en otros individuos una acción vigorosa sobre el sentimiento.

Ahora bien; la metafísica pertenece a la ciencia. Mas no es dado a todos llegar a la ciencia, y mucho menos aún al estudio científico de la metafísica. Y no obstante, como Schopenhauer ha demostrado admirablemente, todo hombre tiene una metafísica, todo ser humano necesita conceptos metafísicos para satisfacer su necesidad religiosa. De ahí la necesidad de un conjunto de conceptos metafísicos que sea posible comunicar y trasmitir por otra vía que la de la ciencia, y propios para satisfacer en aquellos que son extraños a la ciencia, directamente la necesidad metafísica e indirectamente la necesidad religiosa. Esta metafísica, que pudiera llamarse la metafísica popular, es la religión; la religión, sin embargo, encierra dentro de sí algo más que las concepciones metafísicas del pueblo, a saber: en primer lugar, medios y direcciones para despertar de un modo tan persistente y durable como sea posible el sentimiento religioso partiendo de esta metafísica, es decir, el culto; en segundo lugar, las consecuencias de la misma metafísica para la conducta práctica del hombre, es decir, la moral religiosa. El culto pertenece solamente a la religión; en cuanto a la moral, constituye un dominio que la religión comparte, no tan sólo con la ciencia propiamente dicha (como acontece con la metafísica), sino también con la costumbre, cuya génesis y desenvolvimiento son inconscientes. En la costumbre, la moral se presenta como algo empírico, inconsciente, que ostensiblemente no descansa sobre nada. Sólo en la ciencia en tanto que enlaza la moral con los principios metafísicos, y en la religión que desempeña las mismas funciones, encuentran los preceptos morales una justificación, y esta justificación opone una barrera, al menos teóricamente, a los ataques de la anarquía individual.

Así, pues, la religión abraza toda la filosofía del pueblo, puesto que las otras escuelas filosóficas le dejan por completo indiferente; comprende, en fin, todo el idealismo del pueblo, no siéndole el arte accesible sino bajo una forma demasiado grosera para elevarlo al idealismo artístico. Todo ideal (o con más exactitud, todos los ideales de una naturaleza ideal, excepción hecha del ideal metafísico de un país de Cocaña, al decir de la democracia socialista), todo ideal y toda tendencia del corazón al ideal se encarnan para el pueblo en la religión; ella sola es la que le advierte constantemente que existe algo más elevado que comer, beber y reproducirse; que este mundo efímero de los sentidos no tiene su fin en sí mismo, sino que es la manifestación de un principio eterno, supra-sensible, ideal del cual no vemos aquí más que la sombra confusa. Mantener despierto este sentimiento en el alma del pueblo sencillo, aunque no sea más que bajo el estado de oscuro presentimiento, es la tarea común de todas las religiones, desde que han conseguido elevarse sobre los rudimentos completamente primitivos de una grosera religión de la naturaleza.

El conjunto de las concepciones metafísicas debe ser siempre en el hombre religioso la fuente viva de donde provengan la excitación del sentimiento en el culto y la acción sobre la voluntad en la moral. Cuando esta fuente se agota, el culto se petrifica en ceremonia muerta y sin valor, y la moral religiosa queda convertida en preceptos abstractos o en una insípida fraseología sentimental: ¡medio seguro de no hacer ninguna impresión en el alma por otra parte, la metafísica pierde su carácter religioso cuando cesa de ser un motivo inmediato de acción para el sentimiento o para la voluntad y ya no es más que esencia y teoría; esencia real en los filósofos, falsa en los teólogos que se limitan a interpretar y a reducir a sistemas los dogmas tradicionales. El pueblo no ha podido poner en claro las nociones y los elementos reunidos en la religión, pero su instinto le dice que lo que busca en la religión es la unidad de estas nociones y de estos elementos. El pueblo no conoce la palabra metafísica, pero sabe que lo que él pide a la religión es que le dé la verdad: no todas las verdades, tales como se hallan esparcidas en las diversas creencias especiales, sino la verdad tal como la persigue la ciencia universal, la filosofía, la verdad una y eterna capaz de satisfacer su inconsciente necesidad metafísica. No que ella pueda ser comunicada jamás al pueblo en toda su extensión y en toda su profundidad, aun suponiendo que la ciencia la hubiere realmente encontrado y formulado; no, lo supra-sensible no puede hacerse tan fácilmente comprensible para la inteligencia humana; la esencia de la verdad es misterio, y permanecerá misterio; su expresión no cesará de ser simbólica, ya consista este símbolo en nociones abstractas o en imágenes y figuras.

Sin la profundidad colmada de promesas y la riqueza infinita de un misterio que muestra a cada individuo un aspecto diferente, no hay religión posible; en otros términos, una metafísica sin misterio no ejercería ninguna acción sobre el sentimiento religioso. Existe misterio en la religión como en la obra de arte la obra de arte no empieza a merecer tal nombre sino cuando la imagen exterior es el símbolo de un misterio que abre un mundo infinito a la persona que lo medita y a los presentimientos del corazón; un mundo en el cual cada alma encuentra el sentimiento que la conviene, sin poder acusar de error, a los demás. Mas por otra parte el misterio no obtiene el sitio que le corresponde sino en el caso de que lo supra-sensible penetre, en lo sensible, lo eterno en el tiempo, como se verifica en la metafísica, en la religión o en el arte. No debe hablarse de misterio en las cuestiones en que no se trata más que de relaciones temporales y naturales de los fenómenos entre sí, sin remontarse al origen metafísico de la existencia física; esto es lo que pasa en los resultados de las ciencias especiales, en la acción recíproca que ejercen y sufren los seres naturales en su lucha por la existencia y en la vida práctica. Introducir el misterio donde no es necesario (por ejemplo, en la monarquía, como pretende David Strauss), es mistificarse a sí mismo y mistificar a los demás; negar el misterio en las cosas de las cuales constituye la esencia (v. gr., en la religión, como quiere Strauss), es elevar el conocimiento adquirido por una observación vulgar y superficial a la dignidad de soberano del mundo reducido a su desnudez física, en vez del ideal cuya misteriosa esencia se destruye. El pueblo, en suma, no se convence de que el misterio que se le presenta como la verdad sea contrario a la razón; mas la moderna cultura, que descansa sobre la autoridad de la razón, ya no consiente aceptar como verdad un misterio contrario a la razón. Nosotros no soportamos el misterio más que bajo la forma de una hipótesis, que, traspasando el dominio de las cosas sensibles, deja por esto necesariamente un resto incomprensible para nuestro entendimiento, que tiene su base en el dominio do lo sensible; pero este resto no debe contradecirse a sí mismo, porque entonces sería contrario a la razón.

El cristianismo ofrece al pueblo «la verdad», es decir, la metafísica de la Edad media, fusión maravillosa de la filosofía judía y de la filosofía griega, sistema admirablemente completo, que tiene para todas las objeciones respuestas lógicamente encadenadas y que no puede ser objeto de desdén más que para aquellos que a su vez no han traspasado el punto de vista de la hostilidad para llegar a la objetividad histórica. Si en sus buenos tiempos la verdad de esta metafísica estuvo preservada de los ataques de la duda, esto procede de que no tenía competencia, de que la teología era la única ciencia de la época. Al declinar la Edad media, alzóse de nuevo una ciencia libre, que se apoyaba sólo sobre la razón o la experiencia, sin tener en cuenta la revelación: las contradicciones entre esta verdad laica y la verdad cristiana fueron salvadas merced a la extraña doctrina de los dos órdenes de verdades. En la Reforma comienzan los ensayos de conciliación entre estos dos órdenes, ensayos cada vez más efímeros y que se suceden rápidamente. El protestantismo, con la falta de lógica que lo caracteriza, exige que se crea en la posibilidad de un acuerdo entre la revelación y la razón, entre la fe y la ciencia: sólo cuando el protestantismo ha terminado su carrera, ha roto con la revelación y ha cesado de poseer una teología en el sentido propio de la palabra, sólo entonces desaparecen estos castillos de la hada Morgana, sólo entonces la verdad del cristianismo, tenida en otro tiempo por divina, cede su sitio a la verdad laica de la ciencia.

El protestantismo liberal contemporáneo ha llegado muy cerca de este límite, y es una inconsecuencia de su parte el no dar el último paso. Ya no cree en otra revelación que la que se produce cada vez que aparece un genio iniciador y creador, y para él la verdad no debería ser otra cosa que el resultado actual de la historia de su desenvolvimiento en todos los espíritus que a ella colaboran. Ahora bien: en esta serie, Jesús y sus discípulos no podrían ocupar más que un lugar muy modesto, puesto que se rechaza su punto de vista en lo que tiene de esencial. En otros términos: el protestantismo liberal no debía buscar ya la verdad mas que en la historia de la Filosofía, y no debiera tomar en consideración la historia de la Teología sino en tanto en cuanto pudiera hallarse en ella alguna verdad filosófica, esto es, teniendo su fundamento en sí misma, no una verdad que descanse sobre una pretendida revelación. Pero no es así como las cosas suceden: se persiste en hacer teología manteniendo la forma exterior de la antigua, que no podría sobrevivir, como es natural, a la idea misma de revelación; se retiene haciéndola violencia una terminología que debe su origen a una concepción del mundo completamente distinta, y a la que se impone una significación del todo heterogénea por medio de las interpretaciones y de los supuestos más arbitrarios. Tales operaciones, en verdad, son aún más vanas y repugnantes que la actividad inquieta y estéril de la teología ortodoxa, ocupada sin descanso en su trabajo de Danaides. En circunstancias como estas no debemos sorprendernos si la ortodoxia, al combatir tales interpretaciones que trasforman y que alteran las nociones teológicas tradicionales, supone que su adversario le es inferior en buena fe. Si la imponente arquitectura gótica de la teología de la Edad media ya no nos acomoda, nadie nos impide levantar otra; pero no se nos pretenda persuadir de que la verdadera significación de las antiguas catedrales, encontrada al fin hoy por la primera vez, consiste en no ser más que castillos de naipes.

Así, el protestantismo liberal ya no tiene más que un simulacro de teología, al cual no quiere renunciar por no romper con la cadena histórica; mas este simulacro de teología que deja en pié le impide a su vez tomar la verdad científica como nueva y única base. Se sienta sobre la silla cuyos pies ha aserrado, y se mantiene cogido para no caerse a la silla vecina que permanece sana. ¿Esperará el pueblo encontrar en tal sistema «la verdad» que busca en la religión?

El elemento fundamental de una religión, lo hemos reconocido más arriba, en su metafísica. Si quisiéramos preguntar al protestantismo liberal cuál es, pues, su metafísica, le pondríamos en un gran aprieto. Sus representantes, y esto hace honor a su prudencia, envuelven en el misterio este asunto y evitan con visible temor toda ocasión de explicarse sobre él, y esto por dos motivos: el primero, es porque saben muy bien que cada uno de ellos tiene una metafísica distinta, cosa de la que el pueblo no debe apercibirse; lo segundo, es porque todos tienen más o menos el sentimiento vago de hallarse atados por su metafísica. En efecto, les es absolutamente imposible desprenderse del teísmo mientras quieran conservar la continuidad histórica que los liga al cristianismo, y no pueden menos de aceptar el antropopatismo del padre celeste que ama personalmente a sus hijos y que escucha sus oraciones, por lo cual se ven precisados a aceptar también las consecuencias del teísmo, que son desde luego la heteronomía de la moral, de la cual hemos hablado anteriormente; después, la necesidad de una teodicea, es decir, de una justificación del Dios personal omnisciente por los graves defectos de la creación, cuyo autor consciente y previsor es, con este fin un optimismo que atenúa los males y promete para el porvenir montañas de oro, y para terminar el libre arbitrio de la criatura sirviendo de emisario para el mal. ¿Qué diremos de esto? Que los protestantes liberales afectan ignorar los trabajos de los grandes filósofos desde Kant, o que por lo menos no toman de ellos más que las tesis accesorias que los conviene, y en cuanto a lo esencial no traspasan el teísmo vulgar «del último siglo.» La sola diferencia consiste en que amalgaman el seco racionalismo de esta época con el sentimentalismo del último teólogo a quien fue todavía permitido históricamente creer en la posibilidad de una reconciliación entre la fe y la ciencia. Compuesta la amalgama, la hacen pasar por medio de un ruidoso fárrago de frases cuyos ingredientes están sacados hábilmente de todos los cajones de la «civilización moderna.» Mas hoy el deísmo anterior a Kant, con su símbolo Dios, libertad, inmortalidad, no logrará que la filosofía lo acepte de mejor modo que las vaguedades sistemáticas de Scheleirmacher. Porque en tanto que su teísmo sea serio, el protestantismo liberal se halla fuera de la línea del dasenvolviento filosófico de los últimos cien años, y su celo por la verdad y por el progreso espiritual no se despliega en el fondo más que en un sentido negativo, allí donde se trata do destruir el dogma positivo y de allanar las barreras de la antigua autoridad.

Pero hay otra cosa peor. El protestantismo liberal percibe claramente este hecho, y ya no cree bien en su metafísica. No la conserva sino a falta de otra mejor y para mantener su punto de enlace con el cristianismo. Nos enseña, es verdad, la inmortalidad del individuo y su Progreso indefinido; mas supone que ya no abrigaremos inquietud sobre esta dudosa existencia futura. Nos enseña la libertad moral, la providencia paternal de Dios; pero al mismo tiempo admite como cosa muy natural que nosotros creamos con la ciencia moderna en las leyes invariables y necesarias que gobiernan el mundo. ¿Cómo no hemos de hallarnos tentados a pensar que la metafísica teísta no es más que una falsa fachada que oculta realmente un edificio de muy distinta arquitectura; queremos decir el naturalismo moderno con su fe supersticiosa en la sustancialidad de la materia? De nada sirve el defenderse y rebelarse contra un hecho: la antigua concepción teísta del mundo ha llegado a ser incompatible con la conciencia moderna, que ya no puede elegir más que entre el naturalismo materialista de Strauss y el monismo o panteísmo espiritualista. El que desee el primero, puedo dirigirse a los profesores que marchan al frente del materialismo; el segundo, como falta una religión panteísta en el Occidente, no se encuentra más que en los verdaderos filósofos. El deísmo y el materialismo guardan una notable afinidad, que procede sin duda de su común vulgaridad y de su común antipatía hacia todo lo que es profundo o incomprensible. Ambos son racionalistas en el mal sentido de la palabra, porque niegan, antes de toda investigación, todo resultado irracional, y encuentran todos los problemas tan sencillos y tan llanos como su propio entendimiento. Durante siglos han sostenido amigables relaciones en Francia y en Inglaterra, porque el mundo del materialismo es una máquina puramente material que Dios, añade el teísmo, ha construido y puesto en movimiento en un cierto día. Pero esta paz aparente termina siempre por la resolución que toma el materialismo de despachar al mecánico, que, le parece superfluo desde que advierte que las ruedas han girado durante tanto tiempo y tan perfectamente que la máquina ha concluido por marchar sola. Por ventura, ¿no tienen los protestantes liberales el sentimiento de que su Dios está amenazado de una próxima destitución? El exceso de su cólera contra Strauss, ¿no procederá tal vez de que les haya puesto tan verdaderamente bajo los ojos esta desagradable perspectiva?

Sea de esto lo que quiera, la pérdida parece poco considerable, porque lo que importa al sentimiento religioso, el misterio, ha desaparecido, lo mismo del deísmo que del materialismo. Aquí como allí todo está tan bien esclarecido y explicado que ya no queda un solo punto oscuro a donde el sentimiento religioso pueda acogerse. Es posible que la filosofía alemana esté equivocada y que el simple deísta y materialista tenga razón; mas entonces fuerza es renunciar a la pretensión de fundar los medios de despertar y de satisfacer el sentimiento religioso sobre una verdad de esta especie que permanezca extraña a la metafísica o que no tenga más que una metafísica nueva. Cuando Strauss exige que experimentemos un sentimiento de piedad religiosa y de amor por un universo que no es más que el agregado de todas las sustancias materiales particulares y que amenaza a cada instante triturarnos, sin sombra de razón, entre las ruedas y los dientes de su cruel mecanismo, no podemos menos de encontrar la exigencia un poco fuerte, o, por mejor decir, muy sencilla. Este es un punto en que el ex-teólogo juega una mala pasada al pensador moderno. Pero más temerario aún que esta aserción es el ensayo de demostrarla con el auxilio de una experiencia aislada, es decir, haciendo constar la reacción de un sentimiento contra el pesimismo de Schopenhauer. Lo que resiste en Strauss en esto caso es precisamente el sentimiento de satisfacción y de cómoda felicidad que en este mundo experimenta, esto es, el sentimiento mundano, irreligioso, en oposición al punto de vista anti-mundano y verdaderamente religioso de Schopenhauer.

En los sacramentos cristianos el misterio era presentado al pueblo y puesto a su alcance bajo una forma, por decirlo así, palpable; ¿tiene el protestantismo liberal algo que ofrecer como equivalente religioso de estos misterios que ya no pueden aceptarse porque son contrarios a la razón? ¿Será tal vez la oración dirigida a un Dios cuya intervención sobrenatural en la marcha de mi pensamiento y en las determinaciones de mi voluntad es para mí tan inadmisible como la misma intervención en los fenómenos de la naturaleza exterior, de suerte que suplicarle pidiéndole fuerza en las luchas morales o consuelo en las penas del corazón, no sería más razonable que pedirle buen tiempo para la cosecha o que conjure una epidemia?

Mas una vez que no se ve en la súplica otra cosa que una ilusión de la cual tenemos conciencia, pero que es conveniente, sin embargo, practicar por los felices efectos psicológicos que produce, se la rebaja al nivel del juramento enérgico con el cual un mozo de cuerda se anima para cargar un fardo que pone en tensión toda su fuerza muscular.

La ética del protestantismo liberal no vale más que su metafísica. Como hemos hecho notar, el teísmo no puede, si es consecuente consigo mismo, engendrar más que una moral heterónoma; pero esta no puede convenir a la conciencia moderna, y el protestantismo liberal guarda demasiado respeto a la cultura actual para proponer torpemente en nuestra época una moral heterónoma basada sobre la voluntad divina. Por lo tanto, como su teísmo se avergüenza de sí mismo, cubriendo su desnudez metafísica con el manto del amor cristiano, el medio más sencillo de evitar esta enfadosa heteronomía, es declarar la moral independiente y separarla de la metafísica, a la cual se relega al último lugar. Se puede invocar aquí el ejemplo de Herbart y de Kant (aunque la Razón práctica de este último no tenga por entero un carácter puramente psicológico, sino más bien metafísico por el hecho de universalidad), se pueden entonar declamaciones sentimentales sobre un «amor sin fin», y por la adoración de la idea de humanidad elevarse a la altura de la civilización contemporánea. Con tal moral no se está expuesto al reproche de heteronomía, y hay bastante provisión de asuntos para los sermones.

Mas si es fácil predicar la moral, es difícil encontrar un fundamento para ella. «¿Qué fundamento van a tener los sermones de moral? Evidentemente el predicador se verá reducido a apelar a los pensamientos y a los instintos morales del hombre. Si son bastante fuertes, la llamada será fructuosa, y en tal caso superflua; si no lo son, el sermón de moral será objeto de burla y de irrisión, y el predicador se verá imposibilitado de demostrar a sus risueños oyentes que están en un error. En efecto, estos apelan lo mismo que él a los instintos y a las aspiraciones del corazón humano, y para determinar cuáles son los que debemos preferir, si es el amor o el odio, el perdón o la venganza, la abnegación o el egoísmo los que deben dirigir nuestras acciones, el predicador no tiene otro medio a su disposición que apelar al sentimiento o al gusto, los cuales difieren en todos los individuos.» Una vez desligada de la metafísica la ética, permanece como suspendida entre el cielo y la tierra; podrá todavía establecer reglas, pero se ve reducida a la impotencia si el individuo no encuentra estas reglas a su gusto. Sin metafísica, la ética es, a todo más la historia natural de los intereses y de las aspiraciones humanas, considerada en sus consecuencias para la sociedad; en cuanto a la pretensión de ser la norma de las acciones humanas, podrá aún tenerla, pero no puede justificarla si el egoísmo rebelde a toda regla le exige sus títulos de legitimidad. En tanto que es ética en el verdadero sentido de la palabra, esto es, en tanto que es ciencia destinada a la reforma de la realidad, la ética no puedo existir sino fundada sobre una metafísica monista. En efecto, esta metafísica reduce la voluntad individual que en su aparente sustancialidad se figura ser absoluta al estado de simple fenómeno, y la despoja así de la soberanía que se arrogaba. Por el contrario, el teísmo la confirma en la ilusión de la sustancialidad, y provoca seriamente otra vez la rebelión de Prometeo contra el Ser que lo ha creado sin su permiso.

Que la ética del protestantismo liberal no tenga carácter científico, no sería, después de todo, cosa tan grave, teniendo presente que si no favorece la moralidad, por lo menos no la contraría directamente, como acontece con la pseudo-moral heterónoma del verdadero teísmo cristiano, que por otra parte tampoco es científico. Mas lo que aquí nos importa ver es que ya no puede llamarse ética religiosa como lo era la ética heterónoma del cristianismo. Una ética, en efecto, no puede decirse religiosa sino cuando es algo más que una simple explicación del juego psicológico de los instintos, apoyándose sobre las bases metafísicas de la religión y sacando de allí su fuerza. No hemos roto con la ley de Moisés y con los mandamientos de la Iglesia infalible para dejarnos dictar por algún predicador liberal las leyes de la moral, cuyas leyes, por otra parte, seguirían siendo para nosotros heterónomas. El sacerdote ortodoxo puede darse aires de oráculo, mas el liberal debe renunciar a ellos; en la ética como en la metafísica, debe hallarse dispuesto a demostrar el valor intrínseco de sus prescripciones, allí donde el ortodoxo apela al mandamiento de Dios. Cuando el predicador liberal se ve obligado a bajar de la posición autoritaria que rehúsa y rechaza en teoría, pero que en la práctica se alegraría de compartir con su ortodoxo colega, acostumbra recurrir al amor como principio moral. Pero si es preciso llegar a la conclusión de que la moralidad es idéntica al amor y a la bondad del corazón, los predicadores deben cesar en su tarea de predicar la moral, porque jamás lograrán en sus sermones crear el amor en aquel que no ama. Si a fuerza de psicología no se quiere ver en la religión más que moral, y a fuerza de dulzura no ver en la moral más que amor; si, en una palabra, se reduce toda la religión al amor, se renuncia a todo lo que presta al amor su carácter religioso; en otros términos, se confiesa que es preciso elevar a la dignidad de religión el instinto del amor, porque se ha perdido el sentido de lo que es propiamente la religión. Sin duda la religión no es un tiburón como creían los inquisidores, pero tampoco es una medusa; el tiburón aparece por lo menos temible, la medusa es siempre insípida y repugnante.

Al hacer esta observación, no queremos de ningún modo negar el valor inmenso del amor, sino tan sólo recordar que no debe tomarse la parte, aunque sea la más noble, por el todo. El amor no es más que una de las numerosas formas en las que la moralidad se produce como sentimiento; el sentimiento, a su vez, no es otra cosa que una de las formas bajo las cuales el elemento moral se produce en el alma, y la verdadera base de la moralidad no reside en ninguno de estos factores psicológicos. El amor puede ser natural, hasta puede ser moral, sin tener de ningún modo el carácter religioso. Conceder al amor este carácter, es negar la esencia de la religión; atribuir la calificación de religiosas a todas las relaciones mundanas penetradas de amor, es apartar la vista de lo que sólo es verdaderamente religioso.

No es maravilla que un sistema que tiene muchas razones para ocultar su metafísica, cuyo estudio es un tejido de contradicciones, y cuya moral, separada de la metafísica y de la religión, queda suspendida en el aire sin saber dónde asentarse; no es maravilla que tal sistema no pueda satisfacer la necesidad religiosa. El protestantismo liberal es un fenómeno histórico que ha llegado a ser necesariamente irreligioso, porque ha tomado por medida los intereses de la civilización moderna, y ha tratado de rehacer el cristianismo sobre este patrón, cuando esta civilización moderna que se pretende hacer la norma del cristianismo, tiene por sí un carácter irreligioso, puesto que debe su origen a la lucha del principio mundano con la religión.

La religión nace en todas partes de la sorpresa que se produce en el espíritu humano ante el mal y ante el pecado, y del deseo que experimenta de explicar su existencia, y si es posible, de destruirlos. El que no se siente herido por algún mal, cargado con alguna falta, seguro es que no soñará en elevar sus pensamientos por encima de los intereses de este mundo. Mas el que se pregunta: «¿por qué debo yo soportar estos males?», y, «¿cómo podré reconciliar consigo misma a mi conciencia cargada de pecados?», se halla en el camino de la religión, es decir, está en vías de ocuparse de cuestiones y de intereses que no son los de este mundo. Que uno acentúe con más fuerza el mal del dolor, otro el del pecado, siempre es el descontento de las cosas de este mundo el que conduce a la religión, descontento de los males que es preciso referir al descontento de su propia naturaleza que conduce al pecado. Si las sensaciones dolorosas causadas por el sufrimiento y por el pecado no son bastante fuertes para contrapesar las sensaciones agradables de la vida humana, las aspiraciones religiosas no serán más que arrobos fugitivos, accesos pasajeros sin influencia duradera sobre las disposiciones del alma. Sólo cuando la duda dolorosa causada por el mal, o las inquietudes de la conciencia, pesan en la balanza más que las alegrías de la vida, y llegan a ser la disposición habitual del alma, esto es, cuando se ha llegado al punto de vista pesimista, sólo entonces puede la religión asentarse en el corazón de un modo fijo y estable. Allí donde no existe la disposición pesimista, la religión no puede crecer, a lo menos espontáneamente; el respeto inculcado por la educación hacia las formas exteriores de la religión, es lo que hace únicamente contraer la apariencia de religiosidad.

El cristianismo, como toda religión digna de este nombre, debió su origen a una concepción pesimista del mundo, y la religiosidad cristiana ha mantenido sus raíces en el pesimismo hasta el Renacimiento. En esta época comenzó el conflicto entre el amor pagano de la vida y el menosprecio, el alejamiento del mundo, que caracterizan al cristianismo; después la decadencia de la fe en una felicidad de ultratumba hizo que se buscase con mayor avidez los bienes terrestres que había hecho desdeñar hasta entonces la esperanza de la felicidad celeste. El racionalismo se apresuró a justificar teóricamente el optimismo que el renacimiento pagano favorecía prácticamente, y el protestantismo liberal, de acuerdo con la cultura moderna, vive y se mueve en esta glorificación pagana de la vida y en este agradable optimismo, es decir, en la teoría más desfavorable posible para la religiosidad. El protestantismo liberal vive de compromiso, y su talento consiste en proporcionarse alguna misión: no hay cuidado que deje este talento sin empleo cuando se encuentra enfrente de los males y del pecado de este mundo, que nada tienen de terrible después de todo, cuando sabemos comportarnos, según su modo de pensar, con aquel buen humor y fácil contentamiento de un pastor protestante. Y, cosa notable sobre este punto, ortodoxos y liberales se parecen como dos gotas de agua. A la verdad, los reformadores habían mirado con rostro sombrío este miserable mundo que sin género de duda se había entregado al diablo; pero en secreto, no obstante, le habían concedido el dedo pequeño, y sabido es que en semejantes casos, el diablo se apodera bien pronto de toda la mano. En teoría los discípulos ortodoxos de Lutero hablan todavía secretamente de este mundo profundamente malo, corrompido, gimiendo bajo el peso de la maldición de Dios; mas en la práctica se encuentran perfectamente a gusto en este detestable mundo que por premio de sus injurias les brinda con una posición donde tienen mujer, casa y vaca en el establo, lo mismo que los liberales que alaban este mundo como el mejor de los posibles. Esto tal vez sea muy sensato, muy natural, muy idílico, todo lo que se quiera en fin, menos cristiano y religioso. Si se quiere una prueba aún más segura del grado, hasta donde se lleva este espíritu satisfecho y mundano, es decir, irreligioso, del protestantismo, basta escuchar los gritos de cólera que estos protestantes liberales lanzan contra los que osan perturbarlos en medio de su vida pagana, de sus descansos, de su admiración por este glorioso mundo, contra los que tratan de abrir nuevamente a la humanidad moderna y mostrarla la nada de todo lo que este mundo encierra, la profundidad y la universalidad de las miserias, la naturaleza ilusoria de la mayor parte de las alegrías de este mundo y de aquellas que con más ardor se desean. ¡Apedread al infame, gritan, que osa llevar su mano sacrílega a nuestro santuario, a la felicidad terrestre! Porque si tales doctrinas se generalizasen, ¿quién sabe?, tal vez los hombres concluirían por ser religiosos, y, ¡qué sería entonces del protestantismo liberal y de su dulce bienestar!.

Para resumir; el protestantismo liberal consiste en una metafísica indecisa, insuficiente y vulgar, que evita en cuanto lo es posible las miradas de la crítica, en un culto libre felizmente de todo misterio, pero de ningún modo exento de contradicción, y en una moral separada de la metafísica y por lo mismo irreligiosa; al mismo tiempo descansa sobre una concepción del mundo que por su carácter optimista no puede suscitar ninguna religión, y debe tarde o temprano dejar perecer de inanición en el seno de la alegría y del bienestar los restos de religiosidad que ha conservado. Este resultado de nuestro estudio bastará para justificar el reproche de irreligiosidad que dirigimos al protestantismo liberal, no en el sentido de que hoy sean ya sus partidarios hombres irreligiosos, sino en el de que el principio mismo en que se funda es irreligioso, y que si llegase a influir de un modo estable sobre la humanidad, no dejaría subsistir de la religiosidad más que algunos mezquinos restos, dignos apenas de este nombre.

La medida de la evolución religiosa necesitada por la situación presente, ¿se define por la transformación de los elementos dados, o por una innovación que sustituya a las ideas reinantes concepciones esencialmente distintas?

Esta es la cuestión que se encuentra en el comienzo de nuestras investigaciones, y la conclusión de las consideraciones que preceden parece ser la de resolverla en el sentido del segundo término de la alternativa. El principio católico, que es el principio de autoridad, y el principio protestante de la negación crítica de la autoridad, han sacado ya sus últimas consecuencias: el primero, en el cristianismo momificado del ultramontanismo, por el dogma de la infalibilidad, que es un reto lanzado a todo lo que la razón enseña, a todo lo que el desenvolvimiento de la civilización ha hecho prevalecer; el segundo, por la total disolución del cristianismo positivo y por el enflaquecimiento de la religión, bajo cuyo nombre ya no existe más que una irreligión completamente mundana. En cuanto a los ensayos hechos para conciliar estos dos extremos igualmente inaceptables, son etapas que el protestantismo ha atravesado ya descendiendo por un plano inclinado y que el curso de la evolución histórica ha dejado atrás: tratar de volver a ellas, sería colocarse delante de las ruedas de la evolución lógicamente necesaria para retardarla, ya que no para hacerla retroceder.

La idea cristiana ha concluido su carrera. Esta idea está dividida en dos períodos; el primero, que comprende el cristianismo primitivo y el catolicismo hasta el florecimiento de la verdad cristiana bajo Tomás de Aquino; el segundo, que abraza el catolicismo en su decadencia y el protestantismo fatigándose en ensayos de conciliación, útiles, lo reconocemos, pero inaceptables en principio.

El fin semeja admirablemente al comienzo, si nos mantenemos en el aspecto negativo, por la ausencia de un cuerpo de doctrina cristiana; sólo que los contenidos con que se llena el recipiente en ambos casos son muy diferentes: aquí la cultura moderna; allí, por ejemplo, el judaísmo talmúdico de un Hillel. La ordenada de la curva cristiana ha llegado a ser igual a cero al fin, como lo era al principio, pero en esta ocasión la abcisa es otra muy distinta. Si el cristianismo comparte con otras religiones la concepción pesimista del mundo y la necesidad de elevarse por la verdad metafísica por encima de este mundo y de su miseria, la idea fundamental, especialmente la cristiana, debe buscarse en la fe, en un redentor que cura del sentimiento de la culpa y en un mediador que opera la reconciliación y la unión con Dios; y la fe cristiana, ¿qué es?, la fe en Jesucristo como redentor y mediador. Pero si se ve en Jesús de Nazareth el hijo legítimo del carpintero José y de su esposa María, este Jesús y su muerte lo mismo pueden redimir mis pecados que el ministro Bismark o el diputado Lasker, por ejemplo, y es mucho menos apto aún para ser el mediador entre Dios y yo que el confesor católico, por ejemplo, cuya prerrogativa no es una afirmación en el aire, sino que la hace desprender del hijo de Dios. Así, pues, la idea sobre la cual descansa el cristianismo se ha hecho caduca enfrente de la civilización moderna. Es posible que en el cuadro de un sistema religioso basado sobre un principio nuevo, lo que reste del cristianismo pueda invocar algunos títulos para hacer que se le reconozca una significación secundaria y auxiliar; pero este elemento es insuficiente en sí mismo para satisfacer la necesidad religiosa, sobre todo si permanece cerrado a la presuposición indispensable de toda religiosidad, el pesimismo del cristianismo positivo. Mas aun cuando se conservase este factor, o, por mejor decir, se le restableciera enfrente del optimismo protestante que encuentra el mundo delicioso y se congratula de la existencia, lo que se tendría no sería más que el fundamento, indispensable sin duda, del nuevo edificio religioso, y nada más; poseeríamos una concepción del mundo la cual implique un alma de tal modo dispuesta, que la religión sea para ella una necesidad imperiosa; la poseeríamos en el mismo sentido que Buda, Jesús, San Pablo, San Francisco, Savonarola y otros la han poseído, y quedaría ante nosotros la cuestión de saber qué nuevo edificio religioso satisfaría a la vez la necesidad religiosa que nace de esta disposición, y a la cultura moderna.

El intento de resolver este problema significaría la pretensión de ser el fundador de una nueva religión. Esta pretensión no tan sólo se halla muy lejos de mí por razones personales, sino que se encuentra ya excluida por la convicción objetiva de que ni la ciencia por su misma naturaleza, ni sus representantes, están llamados a tener una acción inmediata sobre el establecimiento de nuevas religiones. Históricamente es una verdad demostrada, y aparece también como una consecuencia de las relaciones que mantiene la religión con la ciencia, y de las cuales hemos hablado en otro lugar (cap. III). En los fundadores de religiones no se deben nunca a la ciencia los éxitos populares grandes y decisivos, sino al don de presentar de una manera intuitiva y figurada las ideas religiosas que se hallen en armonía con la época, y después, a la autoridad de la persona que las representa. Mas, por otra parte, estos hombres no sacan de ellos mismos estas ideas que son lúcidas chispas, sino que las hacen salir del tesoro espiritual que constituyen en cada época las creencias populares y la ciencia. Entre estas ideas, que pueden venir a su conocimiento de un modo muy imperfecto, descubren algunas que se apoderan con fuerza de su sentimiento religioso, y comunicándolas en un círculo extenso, prueban el entusiasmo que son capaces de excitar; y aun cuando sea completamente necesario que las circunstancias del tiempo hayan dispuesto a las almas para recibir tales impresiones, es muy posible que hasta entonces el poder de estas ideas no haya sido percibido o apreciado por otros. Esto nos ilustra sobre la clase de auxilio que la ciencia puede prestar a la aparición de las religiones que no han nacido aún, pero cuya necesidad existe y va creciendo. Su misiones trabajar con celo y lealtad, levantar su vuelo más vigoroso y profundizar más cada día a fin de ofrecer al porvenir una provisión de ideas tan rica y tan preciosa como sea posible, donde pueda hallar el alimento de la nueva religión.

¿Es probable, en un porvenir próximo, que veamos surgir una fuerza creadora capaz de dar existencia y estabilidad a meras formas religiosas? Es muy difícil contestar afirmativamente a esta pregunta. ¿Quién ha podido apreciar la tenacidad y la fuerza histórica de resistencia inherentes a las formas religiosas que aún nos rodean? En nuestra opinión, sería estimarlas de un modo demasiado bajo el suponer que hoy, en que apenas si los exploradores del ejército protestante liberal comienzan a tener conciencia de las últimas consecuencias del principio protestante, la antigua creencia, considerada como religión de la masa, esté bastante gastada para que un viento religioso fresco y vivificante pueda barrerla. No olvidemos que en lo que se refiere a las luces adquiridas por la cultura, la masa se encuentra siempre algunos siglos más atrás del espíritu del tiempo. Aún se puede decir más. Supongamos que la evolución haya llegado a tal punto; esto no sería una razón para que resultase necesariamente el advenimiento de una nueva creencia, pues bien podría suceder que el reinado de la antigua y el de la nueva fuesen separados por un tiempo de descanso más o menos largo, durante el cual se consumaría la putrefacción de los viejos elementos, y el suelo sufriría una preparación química favorable para la fertilidad del porvenir.

Por último, no es posible probar la imposibilidad de la tesis afirmando que en general no habrá ya novedad religiosa viable, aunque esta opinión sea tan extremada e inverosímil como la que afirma que la religión del porvenir se halla próxima. Aquella se apoya, es verdad, en el argumento plausible, en la apariencia de que la vida del alma contempla cómo se retiran de día en día los jugos nutritivos en provecho de la vida de la inteligencia, y que en particular las necesidades religiosas del alma se van constantemente debilitando. No obstante, se confunde aquí, en primer lugar, un hecho momentáneo con una tendencia evolutiva capaz de duración, y después, a esta tendencia, que es real en un sentido, se la da una interpretación errónea en lo relativo a su incompatibilidad con la religiosidad y con el sentimiento general. Es muy cierto que la inteligencia reflexiva figura en primera línea en los progresos de la humanidad; pero, a la larga, cada adquisición de la inteligencia ejerce sobre la esfera del sentimiento una acción que lo enriquece y que lo depura, y la lucha de la inteligencia con el sentimiento siempre se dirige exclusivamente contra el punto de vista del sentimiento legado por una fase anterior del desenvolvimiento intelectual: no puede haber cuestión sobre el punto de vista que responde a la nueva fase de la inteligencia, el cual no puede formarse sino gradualmente después de la destrucción parcial del antiguo.

¿Quién negará que el desenvolvimiento intelectual avanza por un impulso genérico y constante? Es igualmente cierto que una nueva religión debe tener la razón por principio, cosa que los antiguos no tenían necesidad de hacer más que como tarea secundaria. ¿Pero se sigue de esto que la necesidad religiosa debe borrarse por un largo período? No; por lo menos en tanto que el pueblo no esté imbuido de la ciencia abstracta en el sentido estricto, y no es de esperar que lo esté jamás.

Por el contrario, la concepción pesimista del mundo, en la cual la necesidad religiosa repara diariamente sus fuerzas, no cesará de fortificarse y de extenderse, puesto que, cuanto más se multiplican los medios de que la humanidad dispone para hacerse la existencia agradable, más se convence de la imposibilidad de superar de este modo la angustia de la vida y de alcanzar la felicidad, ni siquiera la satisfacción. Un período ascendente de las cosas humanas puede ser optimista en tanto que alimenta la esperanza de encontrar la felicidad al fin gozar de ella; mas en el instante en que el objeto se alcanza, el pueblo que lo ansiaba percibe que no ha progresado en la felicidad y que han aumentado las necesidades que le roen y le atormentan. Así, el optimismo es siempre un intermedio en las naciones que se hallan en medio mismo del vértigo mundano; mas el pesimismo es la disposición profunda de la humanidad que se conoce, y cada vez que termina una época de movimiento mundano aparece con doble energía. Esperemos, pues, que la aspiración del hombre a superar la miseria de este mundo, lo cual no puede realizarse sino por la idea y en la esfera de la conciencia, se haga sentir con una intensidad cada vez más señalada a la conclusión de los períodos en que el mundo, por decirlo así, ha celebrado sus triunfos, y en que los intereses terrenales lo han absorbido todo, y la cuestión religiosa sea la más importante de todas cuando la humanidad haya alcanzado todo lo que puede alcanzar de civilización sobre la tierra, y haya abrazado de un golpe de vista toda la miseria lamentable de esta situación.

Al mismo tiempo que la ciencia da comienzo al trabajo preparatorio para el edificio que ha de habitar la religión del porvenir, no se le puede censurar el que examine los elementos de su fortuna actual, y trate de inquirir qué ideas son las que tienen probabilidades de ocupar en el porvenir el sitio de las ideas cristianas, y de fundirse con los restos de aquellas que no estén condenadas a desaparecer. No es posible ocultar, sin embargo, que esta orientación está limitada por el estado actual de los conocimientos. El mejor modo de entrar en materia será arrojar un golpe de vista general sobre las principales religiones, con el fin de desentrañar su significación histórica; y esta consideración tendrá por resultado el demostrar una tesis que, por otra parte, corresponde al estado actual de las relaciones entre las naciones del globo, y es, que la religión del porvenir, para llegar a ser religión universal, debe representar la síntesis de la evolución religiosa del Oriente y de la del Occidente, de la evolución panteísta y de la evolución monoteísta: sólo con esta condición podrá satisfacer a la vez las necesidades religiosas y las necesidades intelectuales de la época moderna.

El rápido bosquejo que irá a continuación atestiguará lo que la ciencia ha podido encontrar con toda su riqueza actual en lo referente a materiales que puedan servir a los fines de la religión. Este ensayo no tiene de ningún modo la pretensión de trazar a la religión del porvenir el camino que debe seguir, pero, a lo menos, se esfuerza en romper con la opinión antifilosófica que mantiene el dualismo de los cristianos y de los paganos, y con un cosmopolitismo exento de preocupaciones, en conceder sus derechos respectivos a las civilizaciones que nada en apariencia une ni pone en relación: la civilización india y la de los países que baña el Mediterráneo, a fin de abrir la perspectiva del encuentro futuro de estas grandes corrientes religiosas que han de correr en adelante por un solo lecho. Sólo así adquiere verdadero sentido la historia universal, aun cuando no se entienda ordinariamente bajo este nombre más que la historia de la mitad occidental del antiguo mundo, dejando a un lado la civilización del Asia central, reducida de este modo a ser nada más que una quinta rueda del carro de la historia. Lo que nosotros vamos a considerar, pues, no es la religión del porvenir en sí misma, que una espesa niebla oculta a nuestras miradas, sino las piedras de construcción que proporcionan la historia, la religión y la filosofía, de las cuales nos parece que será posible sacar partido para dotar de una religión al porvenir de nuestra raza.

Historia religiosa y primeros lineamientos de la religión del porvenir

La religión se muestra en sus comienzos indiferente al teísmo, al panteísmo, al monoteísmo y al politeísmo, y ofrece un como equilibrio de estos elementos; la conciencia no se ha dado cuenta aún del valor de las diferencias que nosotros señalamos, oponiendo la trascendencia a la inmanencia, la unidad a la multiplicidad, y según la necesidad del momento, considera su divinidad como exterior o como interior al mundo, como una o como múltiple. Comenzando la religión por la adoración de las fuerzas de la naturaleza, resulta como consecuencia inevitable la tendencia de todas las religiones primitivas a establecer la multiplicidad en lo divino; el espíritu infantil que piensa por medio de imágenes, no pudiendo menos de antropomorfizar y antropopatizar, no es extraño que aplique este procedimiento a las fuerzas naturales diversas y sean para él otros tantos dioses personales diversos. Por otra parte, es esencial en estas fuerzas el ser inmanentes a la naturaleza, y todos sus conflictos no evitan que el sentimiento, impresionado de un modo religioso, perciba distintamente la conexión y la unidad de toda la naturaleza: cada una de las principales fuerzas naturales le parece idéntica a las otras en el sentido de que él la considera como una revelación de lo sobrenatural y de lo divino; y por esto es por lo que la religión primitiva emplea sin escrúpulo la figura llamada pars pro toto, esto es, que cada fuerza natural venga a ser objeto de culto y adorada como un Dios, puesto que es una manifestación de lo divino universal.

La conciencia religiosa primitiva no percibe la contradicción en que el trabajo antropomórfico de su imaginación la pone consigo misma; y no la percibe porque lo antropomorfiza todo (como lo atestigua el idioma) y no medita aún seriamente sobre estos antropomorfismos, que no la sirven más que de medios para enlazar las ideas y ordenarlas en las series que le sean más familiares en esta fase de su desenvolvimiento. Pero como el pueblo se atiene a estos antropomorfismos, que son lo que él comprende mejor y a lo que está habituado, las formas de los dioses, que originariamente no son más que símbolos, se solidifican y llegan a ser verdaderas personas con una esfera de acción determinada; y sofocando de este modo el símbolo al pensamiento que guarda, se pierde la de la unidad de lo divino en estas petrificaciones del politeísmo, donde ya no subsiste cuando nace sino como una cosa oscura e incomprensible que no se manifiesta más que a los espíritus profundos.

Así es como encontramos el politeísmo en la mayor parte de los pueblos que entran en la historia: es la corrupción de un punto de vista anterior más elevado, pero que no podía sostenerse en su sencilla inocencia porque no había reconocido como tales las diferencias que existían dentro de él, y no las había superado intelectualmente. En todas partes el politeísmo tiende a insinuarse bajo un disfraz cualquiera en los intereses religiosos más puros, porque en todas partes ofrece al pueblo ignorante aquella forma del culto religioso mecánico, que es la más vacía de ideas y la más cómoda, por decirlo así. La tarea principal del desenvolvimiento religioso de la época histórica consiste precisamente en vencer este elemento de la religión primitiva que la ha hecho degenerar en politeísmo, y que presta al politeísmo tal duración, quiero decir, la tendencia del hombre que sufre el imperio de la sensación a trasformar lo divino a imagen del hombre: sólo en esta victoria se hallará el medio de conservar simultáneamente los elementos legítimos de la religión primitiva, la unidad de lo divino, su inmanencia y la multiplicidad de sus formas de expresión.

Por eso la historia ha seguido dos caminos, de los cuales ninguno podía alcanzar el fin, porque cada uno representaba un modo de considerarla demasiado parcial, pero que juntos hacen reconocer distintamente su verdadero objeto. El Oriente sigue la vía que, en apariencia, va más al fondo de las cosas y comprende más: no quiso abandonar la multiplicidad que se legitima bien claramente como diversidad interna de lo Uno; custodió con gran esmero la inmanencia, que es para el sentimiento religioso de una importancia tan decisiva, y quiso asegurar la unidad en lo divino, reconociendo la divinidad única, que lo es todo, que lo anima todo, que se muestra activa en todas sus manifestaciones divinas y humanas. Esta forma religiosa es el brahmanismo. Aquí todo es manifestación de Brahma, el ser uno, eterno e impersonal que tiene los atributos del ser, del saber y de la felicidad, que expresa desde luego en la

Trimurti (Brahma, Vichnu y Siva) su actividad creadora, conservadora y disolvente, y despliega después su divina esencia en particularidades innumerables. Desgraciadamente los dioses múltiples son aquí la piedra de escándalo para la imaginación popular: la divinidad una, impersonal, inmanente, queda salvada en teoría, pero tan solo para la doctrina esotérica, de la que el pueblo no se cuida, ateniéndose únicamente a las formas personales múltiples, en las cuales se manifiesta lo Uno. El sistema es puramente antropomórfico en la cima, pero este antropomorfismo se presenta en retoños numerosos y fuertes en los peldaños de la escala que va desde la cima metafísica a la gran base física.

El judaísmo siguió el camino opuesto. Entre los múltiples dioses eligió uno para que fuese el de la raza, e hizo con él un pacto sinalagmático (la antigua alianza). Los antiguos judíos creían en la realidad divina de los otros dioses de los pueblos vecinos lo mismo que estos pueblos, solo que, ellos tenían el suyo por el más fuerte, confiaban en sus promesas y se creían obligados a guardarle fidelidad a cambio de los beneficios concedidos a sus padres. A medida que aumentaba el sentimiento nacional, crecía también la opinión que de su Dios tenían formada y su orgullo de ser creyentes en este Dios. Desde el instante en que lo elevaron a la posición de creador único del cielo y de la tierra, debieron considerar ilegítima la autoridad de otros dioses sobre la tierra fabricada por Jehová, y esperar en honra de su Dios que un día todas las naciones se convertirían a él y le adorarían como el Dios supremo y el único creador del universo. Continuando el desenvolvimiento del monoteísmo, llega no tan solo a considerar ilegítima la dominación de los dioses extranjeros, sino a declarar a estos falsos. ¿Qué significa esto? Que la conciencia religiosa ha elevado de tal modo su concepto de la divinidad, que ya los dioses extranjeros no responden a este concepto, y no son otra cosa que demonios que se han hecho pasar por dioses para usurpar homenajes que no les corresponden. En el mahometismo es donde el monoteísmo encuentra bajo este punto de vista su expresión más enérgica, la unidad abstracta de la divinidad, siendo objeto mismo del fanatismo religioso. Verdad es que tal fanatismo no puede sostenerse a la larga: es preciso para eso que la unidad de Dios se deshaga de algún modo; por ejemplo, por medio de las tres personas de la Trinidad cristiana, por los honores divinos concedidos a Mahoma o por otro procedimiento análogo.

Aquí tenemos, pues, una evolución inversa de la evolución del brahmanismo del seno del politeísmo. Por una especie de selección natural en la lucha de los dioses por la existencia, aquel de entre ellos que era religiosamente el más fuerte, había salido vencedor y había destituido a los demás de la dignidad divina. Sin duda la unidad de lo divino se había restablecido do este modo: se había restablecido al menos prácticamente para la conciencia del pueblo entero, pero el Dios uno se había desenvuelto partiendo de una forma antropomórfica del politeísmo, estaba infectado del más grosero antropopatismo que le condenaba a la trascendencia y que apagaba la sed del sentimiento religioso, ávido de un Dios inmanente, como una piedra ofrecida en vez de pan satisface a un hambriento. No es que el suelo del Antiguo Testamento no pueda producir la vegetación de la inmanencia divina; pero en aquellos parajes en que se descubre no son más que veleidades del sentimiento religioso, que espiran en la contradicción en que se colocan con la personalidad trascendente de su Dios.

Así en el brahmanismo, los Arios de la India conservan la inmanencia de la divinidad impersonal, pero no sin sacrificar la unidad, al menos para la conciencia del pueblo, y los Semitas, por el contrario, dan a todos la unidad de Dios, pero a condición de abandonar su inmanencia, que no es posible más que con un Dios impersonal. A pesar de ciertas aspiraciones, el brahmanismo permanece encerrado en la apoteosis antropomórfica de las apariciones de la esencia imperceptible en el seno de la naturaleza múltiple; el judaísmo y el mahometismo cortan los hilos de comunicación entre la multiplicidad de la apariencia y la unidad de la esencia, por temor de tocar a esta en su forma abstracta; y por lo que se refiere a la función constante de la divinidad en su manifestación natural, lo reducen a la relación más exterior, no dejando subsistir mas que el acto cumplido de una creación relegada al pasado. Esta posición es demasiado característica para que no haya lugar de ponerla en relación psicológica con los caracteres etnográficos de los Arios de la India por una parte, y con los de los Judíos y Árabes semitas por otra. La diversidad no descansa, como Renan afirma, en la oposición del politeísmo y del monoteísmo, porque los Arios y los Semitas son politeístas igualmente, sino en la diferencia de los métodos empleados para triunfar de este politeísmo que les es común: aquí el monismo panteísta, allí el monoteísmo personal abstracto.

La oposición de la metafísica exotérica del brahmanismo y de la religión popular exotérica suscita un reformador. El Budha resumió las doctrinas de la filosofía védica y sankya, y las predicó al pueblo como una doctrina nueva que traía la salud. Su enseñanza no conocía ni dioses ni sacerdotes. Desgraciadamente, Budha procedió con más fuego que discernimiento: a la par que los dioses populares politeístas, rechazó también la divinidad metafísica, la substancia del mundo, la esencia de su manifestación, y predicó el puro ateismo. Su error de que el mundo no es más que la apariencia de una nada, no hubiera sido posible sin el idealismo subjetivo que todo lo mira como un sueño, idealismo esparcido muy generalmente entre los Indios desde tiempo inmemorial, y que tampoco cree en ninguna realidad, que ni aun reconoce la necesidad lógica de una esencia detrás de la apariencia, siendo por tanto (si se le coloca bajo el punto de vista del realismo) lo mismo acosmismo que ateismo. Eran necesarias tales presuposiciones en la teoría del conocimiento para que fuese posible fundar una religión atea. Por otra desgracia también, el budismo no pudo preservarse de las propensiones populares que en todas partes engendran el politeísmo. El Budha mismo fue deificado como Jesús; el Nirvana que él había predicado como fin supremo, fue trasformado en un paraíso de felicidad positiva, y la jerarquía que él había infamado, fue restablecida en toda su belleza lo mismo que en otra iglesia después de una interdicción semejante pronunciada por Jesucristo. El budismo, corrompido de esta suerte, no se diferenció lo bastante en principio del brahmanismo para poder resistir a la reacción de este en los países donde tuvo origen. No obstante, es justo reconocer en el budismo una forma más estricta del monismo que lo era en el brahmanismo, y no rehusar a su ética, tan próxima a la del cristianismo joanico, el testimonio de que constituye un gran progreso en la historia religiosa del Oriente.

Enfrente de la religión del Imperio romano, de un politeísmo gastado y vacío, abandonado del Espíritu, el monoteísmo judío se levantaba como una fuerza religiosa imponente. Una sola cosa impedía que se propagara e hiciese conquistas. Las restricciones pesadas e inútiles de la ley mosaica que pretendía regular hasta los actos más insignificantes. En cuanto esta barrera fue allanada por San Pablo, el monoteísmo judío, enriquecido con las promesas y las palabras de redención cristianas, comenzó su marcha conquistadora por las comarcas bañadas por el Mediterráneo. mientras la población aria de estos países no vio en el Dios de los cristianos más que uno de los numerosos dioses recién llegados del Oriente, y formando parte del politeísmo, se adaptó a su conciencia; pero cuando la rigidez del monoteísmo judío se echó de ver, apareció la reacción del espíritu ario en oposición a la unidad abstracta que se le quería imponer, y enfrente de esta exigencia sostuvo su derecho nacional psicológico, destruyendo el monoteísmo por medio de la Trinidad.

A semejanza de la Trimurti brahmánica, la Trinidad presenta tres actividades fundamentales de la divinidad, antropomorfizadas en tres personas divinas: sólo que las actividades aquí son distintas en cuanto a la segunda y tercera, y consisten en la creación, la redención y la santificación. La contradicción que en la religión primitiva de los Vedas pasa como desapercibida, que en el ensayo de solución judío está resuelta por la separación de la multiplicidad y de la única raíz, aparece completamente clara en la Trinidad de los brahmanes, y en la de los cristianos: uno es tres y tres es uno. Los brahmanes la han resuelto en el impersonal Brahma, esencia única de las tres personas distintas que se manifiesta en todas tres. Durante quince siglos los cristianos han masticado esta contradicción, no teniendo el valor de resolverla según el precedente de los brahmanes. En el fondo la fórmula «una substancia o una esencia en tres personas» les conducía bastante cerca de este resultado; pero ya el antropopatismo judío de la personalidad trascendente del Dios Supremo estaba demasiado implantada en el dogma para que no se debiera temer como herejía la franca profesión de la consecuencia, que consiste en reconocer una divinidad única impersonal, que lo es todo (comprendiendo también a los tres dioses).

Claro es, sin embargo, que ninguna de las tres personas, ni siquiera una cuarta, puede constituir la identidad sustancial entre las tres, sino tan sólo una sustancia divina, impersonal, formando la esencia idéntica de las tres personas, con respecto a la cual, por consiguiente, las tres personas no son mas que maneras de manifestarse, modos o formas. Pero entonces esta sustancia divina e impersonal es la esencia íntima y propia de los tres modos divinos de manifestarse, la única y sola verdadera divinidad, la cima de la metafísica cristiana que sólo justifica su nombre de monoteísmo ante el tribunal de la razón. Bajo este punto de vista, los tres modos personificados de esta divinidad una e impersonal no pueden ser mirados sino como antropomorfismos fantásticos de las funciones divinas, lo mismo que en el brahmanismo, con la sola diferencia de que las funciones naturales son reemplazadas en parte por funciones místico-éticas. El lazo que el judaísmo había cortado entre la esencia divina y el mundo fenomenal de la naturaleza y del tiempo (por ejemplo el hombre), no pudo unirlo el cristianismo mismo mas que recurriendo a un misticismo herético o a veleidades impotentes que se estrellaban contra el dogma de la personalidad; pero al menos se procuró una sustitución imperfecta de este lazo, restableciendo en el seno de la divinidad trascendente la relación de esencia y de manifestación con su carácter de inmanencia, proponiéndose así un ideal (inaccesible sin duda con las premisas admitidas) del modo de unión del hombre con Dios y de la manera con que la multiplicidad de los fenómenos naturales debe ser absorbida en la unidad divina como en la esencia constitutiva de estos fenómenos.

Este sentido metafísico profundo de la Trinidad, fue desconocido en el seno del protestantismo por el racionalismo de la «época de las luces.» En vez de proseguir con energía la corrección de la unidad abstracta del monoteísmo judío trascendente, recayó en el punto de vista judío, borrando dos personas y conservando la tercera como Dios personal, un Dios que quedaba más exterior y más extraño al hombre que nunca lo había sido. ¿Era esto lo que hacía falta? ¿De qué se trataba verdaderamente? De borrar en serio la idea de que el hombre debe ser uno con la divinidad, como las tres formas divinas antropomórficas de la Trinidad lo son con su divina y única esencia, y no era necesaria a esta tesis más que una corrección, la cual consiste en que este «debe» se convierte en un «es» real desde el instante en que (con Hegel y Biedermann) se abandonan las personificaciones no justificadas politeístas y antropomórficas, de los principales modos de revelación de la divinidad, y se vuelve a introducir la inmanencia de la divinidad una e impersonal en todas sus manifestaciones. Sólo entonces se resolvería el problema que entraña la necesidad de llevar nuevamente a la unidad al monoteísmo y al panteísmo por la eliminación de todo antropomorfismo y de todo antropopatismo, es decir, de fundar un monoteísmo cuyo Dios no esté separado del hombre por su personalidad, y un panteísmo que no se halle corrompido por ningún politeísmo.

El cristianismo, con su dogma fundamental de la Trinidad, puede considerarse como el primer ensayo de síntesis del desenvolvimiento religioso ario y del desenvolvimiento semítico; pero la tentativa fracasó doblemente en el sentido de que aquella cima impersonal que hace posible la inmanencia, no pudo ser alcanzada claramente, y de que la reaparición del politeísmo de la antigua Trimurti vencida ya por el budismo, fue el precio con que fue preciso pagar una ganancia ya robada. Sin embargo, la tendencia sola del ensayo y el fervor con que durante períodos de mil años se han adherido a las contradicciones de la Trinidad, proporciona tan rica enseñanza, que esta forma religiosa, a pesar de su falta de naturaleza y profundidad, no puede ser separada de la historia. Ella nos muestra, de concierto con el budismo en su forma todavía incólume, la vía por la cual aún debemos caminar: la abolición del politeísmo y de la trascendencia, doble progreso que supone la ruptura con la antropopatización y la personificación de lo divino. Hoy somos tan celosos monoteístas como los Judíos y los Mahometanos, y tan celosos partidarios de la inmanencia como los Indios; nosotros queremos extirpar el politeísmo del cristianismo (el culto de los santos del catolicismo como el tritheismo del luteranismo) de un modo tan radical como lo quiere el racionalismo; pero no queremos como los primeros cambiar la sustancia divina impersonal, inmanente en los tres dioses de la Trinidad, con el Dios personal de los Judíos y de los Mahometanos que permanece eternamente alejado y enfrente del hombre como de toda la creación.

A pesar de todas las tendencias de transformación, el cristianismo ha quedado fiel en gran parte al origen semítico que ha tenido; pero hoy, como en el siglo II, el espíritu ario dirige sus advertencias al semitismo tradicional por la bocina de la filosofía. Si esta filosofía era entonces la griega en su fase alejandrina, a la cual influencias egipcias habían prestado su concurso, en el día es la filosofía alemana bajo la forma de panteísmo o de monismo espiritualista, que se ha levantado sobre la crítica kantiana del teísmo racionalista y puede ser mirada como la continuación de la filosofía griega, pero en un nivel mucho más elevado de la conciencia. Hegel realiza un sistema grandioso sobre la base del postulado de la inmanencia divina, y el Verbo hecho carne de San Juan está tomado como el destino del hombre en general, sobre todo en tanto que hay conciencia de la inmanencia divina: de este modo se adhiere, aunque sin saberlo, a esta fuerza de gravedad de la filosofía india, que en el Tao-te-King de Lao-tse ha producido tan magnífico florecimiento emancipada de la fantasía india, mientras que él mismo ve la religión absoluta en la transformación y en la interpretación dialéctica llena de atrevimiento que da al cristianismo (sobre todo a la doctrina del Logos de San Juan). Por el contrario, Schopenhauer se sumerge en la concepción del mundo de la filosofía védica y del budismo, resucita su idealismo subjetivo, que asimila el mundo a un sueño, su pesimismo (mucho más profundo que el del cristianismo, la ética y la Nirvana del budismo). Anticipándose a la historia de la evolución religiosa, la filosofía renueva los elementos más o menos útiles del indianismo, los aproxima a la conciencia de la cultura moderna y prepara la síntesis futura en los elementos que deben conservarse o las doctrinas trasformadas de la evolución religiosa judeo-cristiana. Una tarea le queda a la filosofía alemana, y es el fundir las ideas religiosas del Asia Central, (tomadas fragmentariamente por Hegel, Schopenhauer, Fichte, Schelling, Herbart, etc.) con los elementos del cristianismo que merezcan conservarse, así como en el círculo de ideas desenvuelto por la cultura moderna (y que en su mayor parte encuentra ya su expresión en Hegel), y formar así un sistema bien unido para obtener una concepción metafísica de las cosas que, infiltrándose por grados en las capas más profundas de la conciencia del pueblo, ofrezca las condiciones más favorables al desarrollo de una nueva vida religiosa que suceda a la vida cristiana que se extingue. Si la filosofía religiosa ha seguido hasta aquí un camino errado, es porque se ha figurado que era necesario considerar y demostrar como religión absoluta una sola de las religiones: Hegel, por ejemplo, la religión cristiana; Schopenhauer, el grupo asiático de las «venerables religiones primitivas de la humanidad.» El progreso del espíritu crítico debe, necesariamente, abrir los ojos sobre la debilidad de estos esfuerzos y conducir a la filosofía de la religión a circunscribir su tarea, que ya no debe consistir más que en señalar los elementos filosóficamente comprobados que pueden servir para nuevas creaciones religiosas, que se encuentran en todas las religiones, y en particular en aquellas que acusan un gran desenvolvimiento, y mostrar a lo lejos los objetos del desenvolvimiento convergente de la religión en los diferentes territorios de la civilización.

Que el teísmo personal trascendente ha llegado a ser inaceptable para la conciencia moderna, en sí mismo igual que por sus consecuencias (moral heterónoma, teodicea, libre arbitrio, &c.), es un punto que ha sido tratado con frecuencia, y nada mas que un espíritu conservador respetable, pero ignorante de la ciencia, puede hacerse ilusiones sobre tal hecho. Pero ante esta imposibilidad del teísmo, he aquí lo que llega a ser una cuestión vital para la religiosidad y para el idealismo de la humanidad; el panteísmo debe penetrar en la conciencia de los pueblos que representan la civilización moderna; porque si esto no tiene lugar, si no se verifica a tiempo, ¿qué acontecerá necesariamente? Que el naturalismo materialista irreligioso ocupará el lugar vacío, proceso que se efectúa todos los días ante nuestros ojos; pero sólo, no obstante, en las regiones en que la filosofía alemana panteísta no ha penetrado todavía con su luz y su calor. Enrique Heine tiene razón, en efecto, al afirmar que «el panteísmo es la religión latente de Alemania», y es seguramente una señal de los tiempos el que hasta en los círculos del judaísmo aparezca una filosofía con tendencias religiosas reformadoras, que toma esta palabra por divisa, predica la impersonalidad de Dios y la inmanencia y profesa el pesimismo. Si son posibles tales cosas en el judaísmo semítico, al cual debemos el monoteísmo personal, no hay ciertamente razón para desesperar que en la Alemania puramente aria, después de haber sido la religión oculta de la filosofía esotérica, llegue a ser el panteísmo un modo general de pensar de los hombres cultos en un principio, y después del pueblo entero, y pueda llevar en sí el germen de una nueva vida religiosa.

¿Podrá objetársenos que el panteísmo de la India ha sumido a los pueblos en la apatía? Por de pronto, esto sería olvidar las considraciones precedentes, en las cuales se ha visto que el panteísmo indio no era lo suficientemente monoteísta para defenderse contra el politeísmo que sofoca el espíritu; pero en segundo lugar, se engañaría mucho aquel que pretendiese acusar al panteísmo de ser la causa de la apatía letárgica de los indios, y no el idealismo subjetivo soñador que está conforme con su espíritu nacional. El que no reconoce en el mundo una manifestación objetiva real de la creencia absoluta, o no se adhiere más que a la idea de una apariencia subjetiva sin verdad, de un sueño, de una agitación, de una ilusión, el que declara en consecuencia no ver en el espacio y el tiempo más que puras formas de la intuición que carecen de forma de existencia correlativa en la realidad, y, como consecuencia necesaria, en la historia y en la evolución que allí se cumple nada más que una ilusión sin objeto, aquél no puede menos de encerrarse en su sueño, como la oruga en su crisálida. Con semejantes presuposiciones en lo que concierne a la teoría del conocimiento, no puede existir metafísica capaz de contrarrestar el quietismo apático, que es su consecuencia necesaria. Así, pues, es preciso romper por completo con esta idea del mundo que se deriva de la teoría del conocimiento, aceptada desgraciadamente por Schopenhauer, si no se quiere, a semejanza del indianismo, caer en una indolencia absoluta. Este es uno de los puntos en que la idea del mundo judeo-mahometano-cristiano, esto es, la idea realista que cree en la realidad del tiempo, de la historia y de la evolución, aventaja decididamente a la idea india, y esta superioridad es la que enfrente del estancamiento apático, constituye la condición del progreso histórico valerosamente proseguido por la civilización mahometano-cristiana, y que ha hecho de los pueblos cristianos los agentes y los representantes actuales del progreso de la historia universal. En el protestantismo, el evolunismo realista ha venido a ser el optimismo evolucionista, del que Leibniz, y Hegel principalmente, han hecho la idea fundamental de la cultura moderna. No debemos sorprendernos de que del dominio lógico-evolucionista este optimismo haya pasado al dominio eudemonológico; pero este falso optimismo eudemonológico está ya considerablemente limitado en Hegel por el desden que profesa, por la felicidad individual y por el cuadro que hace del desenvolvimiento obtenido únicamente por el conflicto doloroso de la oposición; por otra parte, en Schopenhauer se cambia a la inversa el pesimismo más decidido, que pasa a su vez por una transición tan poco motivada, del dominio eudemonológico al dominio evolucionista. Sin pesimismo eudemonológico, el optimismo evolucionista debe necesariamente conducir a una mundanalidad irreligiosa; sin optimismo evolucionista, el pesimismo eudemonológico debe terminar en una indolencia desesperada, si es que no degenera en ascetismo religioso Hace falta la unión de ambos para formar una concepción del mundo, que por una parte conceda su derecho a la realidad y al desenvolvimiento del elemento terrenal, y por otra evite la falta de ver en esta realidad el objeto final de atribuirla valor en sí misma y por ella misma, y se eleve, al contrario, por un idealismo metafísico objetivo por encima de la indignidad de este mundo, que ciertamente no merece la existencia.

El cristianismo, como se ha hecho notar frecuentemente, tiene también por punto de partida el pesimismo eudemonológico, pero lo corrompe por la mezcla egoísta con un optimismo eudemonológico trascendente que se apoya sobre la creencia en la inmortalidad individual, y sobre la eterna felicidad prometida al hombre piadoso. De esta suerte se alimenta un egoísmo metafísicamente refinado, el cual es peligroso para la verdadera moral, que se funda en la abnegación: de esta suerte, el juicio pesimista, llevado al mundo real, queda reducido a no ser más que un momento relativamente pasajero. La época presente, que exige imperiosamente una moral pura de toda especie de egoísmo grosero o fino, no puede conservar esta creencia; debe tratar de unirse al pesimismo, que (en su forma genuina no trata de engañarse sobre la miseria de la existencia con ninguna ilusión que le haga soñar en una vida más allá de esta, y que para el individuo, como tal, no reconoce más que una aspiración: verse algún día libre del penoso deber de cooperar a la evolución, sumirse de nuevo en el Brahma como la burbuja en el agua, extinguirse como la luz en el seno del aire, y no renacer jamás (para adoptar la expresión exotérica apropiada a la creencia popular). Tal es la expresión entera de la aspiración del alma religiosa que no busca la felicidad, sino la paz y la unión con el espíritu universal, unión completa que no sea turbada por ninguna apariencia de reparación, y como individuo cumpla con paciencia los deberes de la moral hasta que la hora de la libertad suene para ella.

En vez de la fe en la persistencia del individuo, fe pobre y perniciosa, el panteísmo concede al sentimiento religioso la emoción profunda y la inmensa satisfacción de sentirse eternamente uno con su Dios, de suerte que no haya separación posible, siendo el hombre una manifestación de Dios en la cual nada existe más que Dios. La conciencia de tal persuasión es el objeto de los sueños más exaltados de los místicos; pero un objeto que jamás podrían alcanzar mientras Díos se les representase como una persona opuesta a ellos, como una sustancia distinta, aunque sólo una sustancia creada, y creyesen que entre los dos estaba el «mediador» personal, incapaz de unificar, no desempeñando más papel que el de hacer constar eternamente lo profundo del abismo. Sólo el panteísmo realiza los sueños más atrevidos de los místicos sin ofender a la razón; y solo hace completamente superfluo el diálogo con Dios, que en el teísmo no es más que el expediente miserable que oculta la falta de unidad; lo hace superfluo, reduciendo la dualidad de las personas supuestas en el acto de la súplica, a la pura y simple unidad que deja el diálogo muy atrás y que puede ofrecer infinitamente más que un diálogo al sentimiento religioso. En lugar de la pseudo-moral heterónoma del teísmo, el panteísmo presta a la ética una base metafísica por la cual la moral humanitaria que flota en el aire y no sale más que invocar el buen corazón de aquellos que quieran aceptarla de buen grado, se encuentra fundada y establecida teóricamente sin perder nada de su autonomía. Una moral sin metafísica siempre para en buscar su apoyo en la pseudo-moral del egoísmo refinado, que sabe calcular y conoce bien su interés (Spinosa y los enciclopedistas), porque sin tal apoyo poco fondo se podrá encontrar en esta moral. Pero la moral que se dice del interés bien entendido tan poco tiene de moral, que ni aun puede atreverse a hacer reflejar la ética sobre su superficie, como la moral heterónoma del teísmo ha conseguido hacerlo con tanto éxito, sino que sólo se ofrece como un sustituto de la verdadera ética declarada por ella sueño o ilusión. Sin embargo, la moral heterónoma está en un error al mirar con desprecio la moral del interés bien entendido, porque en realidad una y otra tienen lo mismo de la verdadera moral, y entre estas dos clases de pseudo-moral la moral del interés bien entendido tiene por lo menos sobre la otra la ventaja de ser autónoma.

El panteísmo o el monismo espiritualista es la sola especie de metafísica que, sin herir a la autonomía del individuo objetivamente real en tanto que fenómeno, hace entrar a la propia voluntad que se cree soberana en la nada de su existencia de fenómeno, mostrándole de qué modo se hace a sí misma (esto es, a la esencia que tanto tiene de él como de su prójimo) la ofensa que cree hacer a su prójimo y que al propio tiempo se sirve a sí mismo al servir a ese. Lo que la compasión y la caridad no hacen más que presentir instintivamente realizándolo en la práctica, a saber, que el yo de la conciencia que se separa del no yo y que se opone a él no es el verdadero yo, sino que este verdadero yo abraza al otro y al mundo entero, esta verdad ética fundamental no se expresa más que por el panteísmo. El «tat tuam asi» (tú eres eso) de los Indios es un fundamento de la ética infinitamente más profundo, siendo verdadero en el sentido estricto, que el argumento antropomórfico cristiano, según el cual debemos amarnos porque somos los hijos de un mismo padre, como si el amor natural de los hermanos no tuviera en contra suya el odio natural de los hermanos, y como si la obligación de este amor no tuviera ella misma sed de buscar un apoyo en la moral, lejos de servirse ella misma de apoyo. En tanto que el monismo no es el fundamento de la ética, todo se disuelve en un capricho subjetivo, a menos de estar sujeto por las leyes heterónomas exteriores o por un refinamiento del egoísmo; la razón misma no aparece más que como un placer subjetivo, mientras no se toma como atributo de la esencia única universal, que se aparece a todos los individuos como principio objetivo del mundo.

Y cualquiera determinación que se pueda buscar y encontrar para el principio más elevado de la moral, ya sea la compasión, el amor, la fidelidad, la justicia, la armonía universal, la solidaridad, el bien más grande posible del todo, la cooperación al fin inconsciente del mundo, &c., todos estos conceptos no traspasarán jamás la esfera de las ideas subjetivas, de las cuales una conviene a este, otra a aquél, pero para las cuales nunca se dejará sentir la necesidad de la realización si no se busca la intervención del monismo metafísico. Esto manifiesta que en lo concerniente a la ética también podemos sacar más del budismo que del cristianismo, y lo que es verdad del monismo lo es igualmente del pesimismo, es decir, que el budismo es el solo sistema en que el pesimismo sirve expresamente para fundar la moral. Por el contrario, carece, verdad es, de la hermosa actividad, redentora que posee el cristianismo; mas precisamente esta redención permanece en último resultado tan exterior, tan heterónoma como el precepto moral. Del mismo modo que en el cristianismo, la sustancia de la idea moral ha sido fijada de una vez para siempre por el Dios trascendente sobre el Sinaí sin la participación del hombre, lo mismo que la culpa moral (como pecado original) ha sido asumida para siempre por el padre de la humanidad, de igual manera la redención cristiana del pecado se ha llevado a cabo en el Gólgota de una vez para siempre en favor de todas las generaciones por un hecho único puramente exterior. Como la ley moral heterónoma tiene su reflejo psicológico en la obediencia ciega, la manipulación trascendente de la redención tiene el suyo en la fe ciega; el hombre tiene tan poca parte en la victoria obtenida sobre el pecado, como es autónomo en su vida moral. Aconteciendo esto, ¿qué resulta? Que la ley que se dice redentora, de un modo tan escaso puede producir una enmienda y un levantamiento después de la caída, que puedan calificarse de actos morales, como la obediencia exterior a la ley puede producir una verdadera moralidad: el perdón de los pecados por el confesor, y el dogma de la «justificación por la fe» destruyen la posibilidad de la verdadera regeneración moral, porque puestos en presencia de los comienzos embrionarios existentes de la verdadera reparación moral, los expulsan como un feto que no es viable, en lugar de dejarle desenvolverse, madurar y llegar a ser un organismo lleno de vida.

Del mismo modo que como medio de educación propedéutica para los pueblos, la moral heterónoma tiene para la moral autónoma un valor que es conveniente rebajar, es posible que la calma procurada a la conciencia por la fe en una justificación ganada por los méritos de otro y una enmienda debida a un socorro extraño, hayan tenido su legitimidad histórica relativa; pero se trata de otra cosa hoy; se trata de sostener por nuestros propios medios y de conducir a buen fin la enmienda y la reforma moral después de una caída producida por nuestros actos y no por los de otro, para poner inmediatamente y retener con firmeza lo que habrá sido penosamente conquistado como un capital moral que nos pertenece totalmente. Este camino es, sin género de duda, más fatigoso que el puente cómodo del perdón obtenido por los méritos de otro; pero al mismo tiempo la obra seria de la moralización de sí mismo por una disciplina moral, progresando paso a paso, dará resultados reales y no tan sólo imaginarios como la regeneración paulina, según la cual hemos visto que si el hombre se había enriquecido efectivamente, había sido en orgullo espiritual.

Pero si la ética panteísta renuncia de este modo por una parte a los expedientes exteriores y ficticios de redención, de los cuales el cristianismo tiene el privilegio, no deja, sin embargo, por eso de ser una moral religiosa (como la moral humanitaria del protestantismo liberal). Uniéndose estrechamente con la metafísica, cuya eficacia ética es la mayor, se eleva por el contrario a la altura de la moral religiosa en un sentido nuevo más elevado que la moral cristiana, la cual, por más que haga, permanece siempre pseudo-moral heterónoma y no puede alcanzar la raíz metafísica más profunda de la moralidad, porque el Dios personal de los cristianos no es inmanente al mundo, sino que se le opone como una sustancia creada por él.

El capítulo del culto no se presta, por su naturaleza misma, más que a un pequeño número de indicaciones muy breves, puesto que el accidente juega el mayor papel en la elección de los símbolos y en la forma de las prácticas devotas. Se puede afirmar únicamente que el culto de una religión del porvenir deberá ser más interior que el de las religiones de hoy. Cuanto más pierde una religión de su contenido esencial y de su virtud como existente de la devoción, más degenera su culto en exterior, por el contrario, todos los renovadores religiosos han atacado el culto exterior que han hallado establecido, y han insistido sobre la necesidad del culto interior. Jesús también, reduciendo el culto esencialmente a la oración, exige breves palabras para la oración pública y en común, y recomienda la oración solitaria. Así, pues, no debe reprocharse al protestantismo liberal el que disminuya el culto exterior, sino tan solo el que mine el suelo del culto interior. Si, como es posible esperar, la marcha del desenvolvimiento se continúa a partir de la uniformidad católica por la multiplicidad de sectas del protestantismo hasta el individualismo religioso que se acomodaría mejor particularmente con el espíritu alemán, puede encontrarse aún en esta ley una clara indicación en el sentido del culto interior, que será el de la religión del porvenir. Mas por lo que toca al culto individual interior, es decir a la profundidad de la emoción y de la satisfacción religiosa, lo repetimos, ninguna otra metafísica puede sobrepujar a la metafísica panteísta que ofrece el cumplimiento de lo que han buscado y perseguido los místicos de todos los países y de todos los tiempos.

Si, pues, se considera el estado actual de la ciencia, lo que hay de más verosímil es que la religión del porvenir, si de un modo general se juzga tal religión posible, será un panteísmo, y con más precisión un monismo panteísta (excluyendo todo politeísmo), o un monoteísmo inmanente impersonal, del cual la divinidad tiene en el mundo su manifestación subjetiva, no fuera de sí, sino en sí. Pero ni el cristianismo positivo con un politeísmo de la Trinidad, ni el protestantismo liberal con su teísmo personal abstracto, son capaces de dar satisfacción a la necesidad que se siente: según la historia de las religiones, no puede hallarse lo que se busca más que por una síntesis del desenvolvimiento religioso indio y del desenvolvimiento judeo-cristiano, constituyendo una forma que reúne en sí las ventajas de las dos tendencias, eliminando sus defectos, y por eso solamente se hace capaz de reemplazarlos, es decir, de llenar el papel de religión verdaderamente universal.

Un pan-monoteísmo de esta especie sería la metafísica, que se compadecería mejor con la razón, que al mismo tiempo evitaría y satisfaría más poderosamente el sentimiento religioso, y prestaría a la moral el apoyo más firme, y de esta suerte se aproximaría más a lo que el pueblo busca en la religión bajo el nombre de «La Verdad.»

FIN